◆◆ 中国文学名家散文精选丛书

医生眼里的生命之轻

徐美芳　著

江西高校出版社
JIANGXI UNIVERSITIES AND COLLEGES PRESS

南　昌

图书在版编目（CIP）数据

医生眼里的生命之轻 / 徐美芳著 . -- 南昌 : 江西
高校出版社 , 2025.6. --(中国文学名家散文精选丛书
). -- ISBN 978-7-5762-5645-1

Ⅰ . I267

中国国家版本馆 CIP 数据核字第 20248ND292 号

责 任 编 辑	刘志娟
装 帧 设 计	夏梓郡

出 版 发 行	江西高校出版社
社　　　址	江西省南昌市新建区工业二路 508 号
邮 政 编 码	330100
总编室电话	0791-88504319
销 售 电 话	0791-88505090
网　　　址	www. juacp. com
印　　　刷	鸿鹄（唐山）印务有限公司
经　　　销	全国新华书店
开　　　本	650 mm×920 mm　1/16
印　　　张	13
字　　　数	160 千字
版　　　次	2025 年 6 月第 1 版
印　　　次	2025 年 6 月第 1 次印刷
书　　　号	ISBN 978-7-5762-5645-1
定　　　价	58.00 元

赣版权登字 -07-2024-1060

目 录
CONTENTS

第五辑
润物细无声

第一辑

医生眼里的

生命之轻

　　已是午夜。3床病人突然铃声大作。值班护士急忙跑过去，陪护的
家属说："他没事，只是想着现在要出院，我们做不通工作，他一急，
就按铃了。"3床病人肝癌晚期，腹腔内的癌性腹水使得他的腹部鼓胀
得一如足月的孕妇。只见他气喘吁吁地对护士说："请你帮我跟医生说，
我现在一定要出院回家。我等不及了。我想家。"

　　一番忙乱……病人家属叫来了出租车，准备把病人接回家。望着在
家人搀扶下蹒跚而行的病人最终消失在病房的走廊尽头，在场的人都长
叹一声。

　　3床病人近天命之年。两三年前，住在他家对门的夫妻俩先后得癌
症去世。他嫌不吉利，在别处买了期房。去年下半年房子交付，今年新
房装修好正准备搬家时，他右上腹部突感胀痛，原以为是劳累的缘故，
没想到医院一查，却是肝癌，已是晚期。未进新房先入病房，这时他的
病已回天无力，住院只是挨日子。不知道他今夜回去是回哪个家？是那
个新装修好的家么？想摆脱那一份隐隐的秽气，命运之神却偏偏予他以
如此的宿命，不能不让人哀叹生命的无常。

身为医生，面对太多的生老病死，内心与其说已麻木，不如说是深深的无奈。医学并不是全能的，当你面对那病魔一点点地吞噬病人的身躯，那种无能为力之感，真的无法言说。

记得几年前有一个小病人——10多岁的女孩，天真烂漫，笑颜如花，得的却是左股骨骨肉瘤。这是一种恶性程度高、进展快速的恶性肿瘤。我在CT片子上看着她得了骨肉瘤，又看着这肉瘤转移到骨盆，又转移到肺，那两侧肺内如同小桔子一样挂在树上的多发结节，触目惊心。任何治疗其实都已是姑息性的了。但她的父母却依然没有放弃，一直筹款医治到她生命的最后一刻。但千金散尽，骨肉终离。女孩的名字中有一个"梦"字，得知她死讯那一刻，我们都有人生如梦之感。

一个大学生，姓毛，颈部无痛性包块来医院。那是一个俊朗的小伙子。他就诊时留了手机号，说要考试了，等结果出来了通知他一下，没啥事的话他等放假了再到老家治疗。我几次拨打他的号码，但始终按不下那个拨出键。这样的结果——病理切片的结果显示该混合瘤已恶变，怎么跟他说呢？Carcinoma这个英文单词，在医生的笔下总是写成某一种代号，为的是一时瞒住病人。对于病人及其家人而言，这个字不啻是一记晴天霹雳。最后，我委婉地请他把他的老师叫来。对此，他当然会忐忑，会猜测，但至少，这可以让他有一个心理的预备期，不至于那么直接地让他承受这份沉重。小伙子后来回到他的老家治疗。几年过去，不知道他如今怎样了？

在医院的手术室，你会感到生命的脆弱，也会感到生命的执着。真希望有那么一天，面对所有的病痛，我们医生可以一如武林绝世高手，一剑封喉于其萌芽之时。

何必忆旧
悲秋凉

忽一夜，也就秋凉了。是这样一个突如其来的秋，让我想起多年前的那一个秋。

那一年的初秋里，我站在一栋住院大楼的二楼东面窗口前，看窗外的一棵苦楝树。时候是傍晚时分，夕阳已经落下，只有霞光尚自留存。这样将暗未暗的时候，窗外的一棵苦楝树让我匆匆的脚步驻足，是因为那里的一片嘈杂吸引了我。在黄昏的光照里，说不清到底有多少只麻雀在那里或是绕树三匝，或是依枝而立。反正黑压压的一片。鸟的鸣叫声，翅膀的振动声，树叶的抖动声，声声在窗外集结，让我惊异。多么安静的一个傍晚，但在这窗外，却可以是这样的一片热闹。那个傍晚，我放下待做的事，就站在窗内看着窗外的热闹。一棵苦楝树凭什么吸引了这么多的麻雀呢？若说树，旁边也有很多棵的树，为什么麻雀们单单围着这棵苦楝树狂欢呢？是呀，它们是在狂欢呢，我仿佛都能听得到它们的谈话声，它们起舞，它们奏乐，它们没有尘世牵挂地享受着它们的欢乐，这样的单纯、彻底、旁若无人。我真是羡慕极了！

但天终于还是暗了。那些声音还在热闹着，那些鸟影我却只能依稀分辨了。我收回我的目光，回转头，沿着回廊前往我该去的地方。

那个傍晚注定是神异的。我在往后的很多日子里，一次一次地又路过那个窗口，却再也不曾与那些麻雀们谋面。它们来无踪去无影，忽喇喇地不知都去了哪里？这是一件存疑的事。窗外的那棵苦楝树从此以后也沉默着，并不告知我答案。

　　我记得那个傍晚，除了这棵苦楝树，除了这一大群麻雀的狂欢，还因为我碰到了一个人。

　　沿着回廊我到通往三楼的楼梯口时，看到一个年轻男子在角落里哽咽着。他穿着病号服，一定是一个住院的病人。他为什么躲在这里哭呢？我关切地走过去，他看到我，却朝着旁边的垃圾桶一阵猛呕。却并不曾呕出什么东西来。看他实在是难受，我就走过去轻轻地拍着他的背，也许他可以好受些吧。低头看垃圾桶，里面都是呕吐物，看来他呕吐过好几阵了。

　　我问他还难受吗？他点点头，眼泪鼻涕却又一起下来了。这是一个悲伤着的病人。他拿着纸巾擦着脸，看我时有点不好意思。我说如果难受就好好地哭吧，没关系的，哭出来就好了。

　　他却停止了哭泣，抹了抹红红的鼻子，抬起头看看顶棚上的日光灯，又把脸转向我，说，医生，真是不好意思啊。

　　我咧嘴笑了笑。说，那么伤心，怎么了？

　　他有点腼腆起来。不好意思地回答我说，其实也没事啦，我得了鼻咽癌，刚才老婆来看我，我送她下来，回转来时，控制不住，也就哭了呢。

　　原来如此。我指了指垃圾桶，又问，怎么哭得都吐了呢？

　　我这样问的时候，他又干呕了几下。才回说，我刚放疗过，刚才老婆送饭菜来，当着她的面，我总得把饭菜都香香地吃下去呀。其实我是硬塞下去的，真的没有什么滋味的。等她走了，我再也忍不住那种反胃，就吐了。

我心里升腾起一片怜惜感。这真是一个内心细腻的男子汉呢。在他患病的时候，还照顾着妻子的感受。你真是一个有责任感的人，我对他说。他不好意思地笑了笑，自言自语般地对我说，家里还有一个8个月大的儿子，老婆又要给我送饭菜，又要照顾家里，够累了的。我说在医院里订餐，可她不同意，硬是要给我送呢。

这也是她的心意，你就安心地吃吧。我说。也是的，老婆还直说不能在医院里陪我，亏欠我呢。他说。其实我很想老婆在我身边的，可家里有儿子，儿子还那么小呢，我不在家里了，老婆总该在家里的。他又说。像是在对我做老婆不来陪他的解释。

如果你好些了的话，那我送你上去吧。我对他说。他却连连摆着手，说，不用不用，我自己会上去的。

我坚持送他。他也就不再推辞。到了他的病房，病友一见他，却说，你又吐完了吧？看来，他当着老婆的面香香地吃下去饭菜，等老婆一走，再呕吐出来，已经成了病房里公开的秘密了。那个病友见着我，还说，这个人真是模范呀，当着老婆的面，一点事情也没有，还要劝慰老婆，好像不是他患病一样，在老婆面前笑呵呵的。其实这放疗化疗的，日子真的难过呢。说着，他叹息着，一起在病房里成为病友，对于疾病是感同身受的，我能理解他的叹息。

走出病房，我到护士站调阅了他的病历。鼻咽癌并脑转移。上面白纸黑字写着他的诊断。原来已经晚期了呀。不过，鼻咽癌的放疗效果还是很不错的，也许他可以存活得够久的。我为他祈愿。这样的一个初秋的夜晚，这样的一个楼梯口的邂逅，这样的一个有责任心的男子，我愿意诚心为他的一家祈愿，有他在，他的老婆就有爱人，他的儿子就有爸爸，那个家，也才是一个完整的家。

我后来并没有再见着他。数月之后，我到病案室里查找一个病人的资料，很偶然地发现了他的病历就在旁边，后面的随访记录里写着：患者于 X 年 X 月 X 日死亡。

疾病影像里的生命感悟

　　隆冬的新昌，白云山庄的会议室内，随着鼠标轻点，投影仪在一幅一幅地变换幻灯片，讲台前的专家，正声情并茂地讲解着那些疑难的、典型的、似是而非的疾病。你不能不感慨现代医学影像之神奇，当人体各个部位能够用图像展示得与解剖后的效果基本等同，谁又能够否认这是一种摄影艺术呢？

　　身为医生，能够循着蛛丝马迹把疾病诊断出来，有种福尔摩斯的感觉。举一个病例吧。一个五十多岁的男性病人，因腰腿痛来做腰椎间盘CT。我在最后一层图像上看到病人的骶椎有骨质破坏的现象，邻近的软组织也有些微肿胀。给他做了骨盆CT后，发现除了骶骨外，病人的髂骨、股骨头也有骨质破坏。病人从检查床上下来，我们拉着他就给他做了个胸部透视，诚如所料，病人的右肺有个五厘米左右的阴影。看病人的脸色，两颊绯红，好像气色不错，其实这是典型的伴癌综合征。还要怎样说呢？右肺癌伴骨骼多发转移，晚期癌症，诊断如此明确。我把这个结果告知了病人的妻子。夫妻俩是外地人，举止淳朴。妻子听了结果，显得手足无措。她问我以后的治疗，我一时无语。她的眼神是求助的，她的表情是悲痛的。我说，回老家去吧。——他没法手术的，他的癌肿与心脏大血管粘连在一起，注定时日无多。

我并不是那个致公主以长眠的巫婆，我说的不是魔咒，我在诉说一个事实。当然，事实也可能出现偏差的。

我听到过一个病例，是当事的放射医生说的。一个30多岁的公司白领，男性，即将提升为公司副总。在升职前的例行健康体检中，发现肝右叶有一个占位。做了CT增强扫描，做了穿刺活检，诊断是肝癌。医院给他做了手术，随后是化疗。几个疗程下来，复查一切正常。在医院待了数月，他出院了，他要赴任去了。归心似箭，他选择了坐飞机。但那趟航班在青岛水域出事，很不幸，他是遇难者之一。医生们感慨，花了那么大的精力，他飞机遇难死了，先前所有的努力就都白费了。命运仿佛一定要置他于死地一般：即便不死在癌症上，也将死在空难上。你说，会不会真的有一个魔咒，像达摩克利斯之剑一样悬挂在每一个人的头顶？

生命让人敬畏，所以值得珍惜。白云山庄紧挨着新昌大佛寺。七八年前我曾经到此一游。寺的佛，我总觉得它是笑意盈盈的，喜庆般的，还暗含着一份捉摸不透的神秘。当年同游的一行人，如今已经有一人去世了。今后，这样的"已经"仍将继续，而我，也将成为其中这样"已经"的一个人。生命短暂，所以要珍爱。会议间隙，我站在山庄的走廊里，望着隔壁的大佛寺，心里空落落的。

我的内心总有一个念想，这个念想我就当它是一个梦，梦醒来，原本就都是虚幻。梦，总是隐隐约约的，似乎在我的心里有所刻画，也许我就只能记着。但是，记着什么呢？我所能记着的怕也是梦幻吧。

临近傍晚，寒冬里夕阳的光线斜斜地照耀在我的身上，柔软得让人心痛。

我折回到会议室，继续看那幻灯的变换，继续看那影像的显现。那是一个个疾病，从人体而来。而人，想把它们找寻出来，甄别出来，然后予以铲除。我喝一口桌前清香的绿茶，一种温润的感觉，在我的嘴里弥散。我忽然想，够了，我可以喝茶，我可以有温润的感觉，我稍有干裂的嘴唇也有所滋养——就如同一支润唇膏抹过，仿佛含着爱意，仿佛有点情思，仿佛我所有的忧郁和沉思都在此刻得到了偿还。

一个惊心动魄的夜班

又是夜班，白天杂事多，有些累了，原想晚上可以安耽些，却不承想并不安耽。

大概晚上 8 点的时候，我有事在化验室，候诊大厅突然传来一阵凄厉的号叫声。我听了一个激灵，想想坏了，肯定有什么事情发生了，马上走出化验室。果然，看到两个东倒西歪的人搀着一个满脸血污的人从候诊大厅往外科急诊方向走来。为叙述方便，我把他们设为醉鬼甲，醉鬼乙，和醉鬼丙，其中醉鬼甲就是那个满脸血污的人。

外科医生马上进入状态，把病人扶上急诊手术台，快速地用绷带缠绕头部止血。

但这时候，醉鬼乙，一个人高马大的人，揪住了醉鬼丙。醉鬼丙是一个比较瘦弱的人，醉鬼乙一个巴掌就打在醉鬼丙脸上，这时醉鬼乙满手都是醉鬼甲的血污，醉鬼丙的脸上即刻也布满了血污，而且把他的眼镜也打飞了。我看到醉鬼丙不敢还手，而是贴着墙根溜走了。

醉鬼乙没有了对手，突然猛地用手掌自己抽自己的脸，而且朝我们这一边奔了过来。我们三个女的，我，另一个是化验室医生，还有一个是 B 超医生，马上逃进了化验室里面。醉鬼乙看看没有了目标，又折回到外科急诊。

我这边看看外科医生一个人可能不行，就拿出手机给医院总值班打电话，他接到我的电话，马上说即刻就来。但我看外科医生一个人实在挡不住了，因为当时醉鬼乙已经在对外科医生指手画脚了。我就对外科医生说，我打 120 了啊！外科医生回答说，打吧，打 120 吧！

我一边打 120 的时候，那个醉鬼乙铁青着脸朝我凶猛地看，嘴里说，你这么慢，你这么慢！可怜见，我已经很快速了。打完 120，外科医生对着我们说，快拿推车过来！我和化验室医生即刻到急诊室里把推车推出来。刚到外科急诊的时候，天啊，那个醉鬼乙居然已经在对着外科医生咆哮了，说，你缠那么厚的绷带是要缠死他啊！你要缠死他啊！

外科医生一边埋着头快速地缠绷带，一边解释说，我在给他止血呢！醉鬼乙却不管，我看到他拔出拳头，一拳就打在外科医生的右眼眶上。外科医生当时埋着头，一点防备也没有，生生地挨了一拳。当醉鬼乙第二拳打过来的时候，外科医生已经有了防备，侧过脸成功躲避了那个拳头。外科医生极力地克制着自己，大声地说，你不要打人了，先救人要紧！这个时候，我刚把推车推进外科急诊，看到这个架势，马上用推车隔开了那个醉鬼乙。我也不知道我哪里来的勇气，也咆哮着对醉鬼乙喊，先救人要紧，别的事等会再说！醉鬼乙好像短时间内清醒了一下，帮着把那个躺在急诊床上一动也不动、满脸血污、同样人高马大的醉鬼甲连拖带拽地搬上推车。接着我扶着推车的右侧，外科医生扶着推车的左侧，那个醉鬼乙推着车尾，大家拼命地朝大门口跑去。这时候，那个醉鬼乙仍然在对着外科医生大声地说，我等会儿打死你，我等会儿打死你！

我从来没有这么惊吓过，一边颤抖着身体，一边快速地奔跑。快到医院大门口的时候，我看到120还没有来，就大声地对化验室的人说，你再打一下120！还好，刚到大门口，就听到了120急救车的声音。120在我们医院的大门口停下，两个人高马大的人下来，把醉鬼甲搬上急诊担架。那个醉鬼乙这时候迷迷糊糊地，待在车边不动了。我催促他，你也上去啊！这时候他呆呆地听我的话，东摇西摆地也上了急救车。我又叮嘱120上的人员，要小心，这两个是醉鬼，要打人的。120的人点点头，说，知道了！

120一阵风似的就开走了。我们长呼一口气。回头看外科医生，这时他的右眼眶上方已经肿起了一个鹌鹑蛋大小的一个包。我们想起了醉鬼丙。我一看，墙角处哆嗦着一个人影，把头埋在两侧膝关节间。我说，在那边呢！醉鬼丙听到声音抬起了头，站了起来。我们就问他，你们是怎么回事？他说，是朋友们一起在旁边的酒店里聚餐，话不投机，就打起来了！我们看他的脸上满是血污，就对他说，你去洗洗脸吧。醉鬼丙想来是三个人中最清醒的一个，他跟我们到化验室，就着水龙头洗干净了脸。我们问他他的眼镜哪里去了？他说，我藏在裤兜里了！看来，这个真的是最清醒的一个！

醉鬼丙也马上走了。我们折回到外科急诊，这时候的外科急诊室里像一个屠宰场一样，墙壁上满是血手印，凳子上也是斑斑血迹，急诊床朝头的方向下边的地板上更是一大摊血。外科医生戴起了手套，清洗战场了。这时候，我发觉我的身上满是血腥气，检查一下自己的白大衣，原来两个胳膊上满是血迹呢！我一阵恶心，回到自己科室换了一件干净的白大衣。

唉，碰到醉鬼没办法啊，我们一阵忙乱，一分钱也没得收，外科医生还被打了一拳头，还任由醉鬼骂，心里那个恨啊！但也没办法，醉鬼神志不清，可我们是清醒的，不能也跟着神志不清啊！

在此奉劝诸位，每逢假日，尤其临近年底，聚餐多多，但千万不能喝酒误事啊！

有一种癌，形同谋杀

写下这么一个题目，也许是有些耸人听闻了。但我要说的这件事情，也的确有些耸人听闻。

近段时间，我仿佛很忙，其实也不知到底在瞎忙些什么？一个朋友今日给我发了短消息来，说，很久没有你的音讯了，你是不是把我给忘了？我回说，是吗？也许我是把我自己给忘了。我忘了吗？其实很多事情我都是记着的。就比如今晚，我们四人终于又聚在了一起。虽说都在一个城市，但想聚在一起，也是约了好久。事务最繁忙的Y，她迟到、中途离席，接着又急急地过来，再早退，看得我们眼花缭乱。但知道她累，我们都能体谅。我们的面子还是蛮大的，要不，这样的聚会，她老早推了的。其实这样的聚会，有生之年我们又能够再有几次呢？难以预料的。真的。世事无常。今日过完了，才知今日事，至于明日，未必会再次属于你和我。如果，把每一天都当作末日来过，又该如何呢？也许一切随缘，事事可以达观。

2011年3月24日，39岁的贞一定不会想到这一天就是她的末日。

这一天我值班。很寻常的一天，只是那天一早病人就很多，我忙到快下班了才到食堂吃饭，这边同事还有几个CT病人。我匆匆扒了几口饭，到科室里继续工作。同事做完了那几个CT，下班了，把报告留给我处理。

贞做的是喉部 CT，前面 2 个病人的报告我很快地写完了，贞的我留在了最后写。因为一看影像，贞的问题很严重的。这时候已经下班了，我写报告的时候，贞的主诊医生过来询问贞的结果，我暗暗地竖起了一个指头——一个字的病。他会意，对贞说，等会儿把 CT 报告拿了，你们到上级医院再去会诊一下吧，进一步查查，要及时些，不用再回到我那里看了。他也就下班了。

陪贞来看病的有两人。贞的喉部声门上下区均见环形软组织增厚影，局部还呈菜花样突入喉腔，那喉腔明显狭窄，大概只有正常的一半大小了。一看，八九不离十是喉癌了的，再者颈部还有多个肿大淋巴结，唉，淋巴结转移了的。因为做 CT 的时候不是我做的，那 3 人中谁是贞我并不知道。我就问，谁是病人？贞应声说是她。她回应我的声音很嘶哑，好像是从喉咙里憋着气发出的。我问她这个样子有多长时间了？她说有半年了，只是这些天越来越严重了。她还伸出了脖子让我摸她脖子上的淋巴结。有一枚就在皮下，很大，约有 2 到 3 厘米的样子，按压下去没有痛觉。贞很瘦，真的很瘦，皮包骨似的。她说她一直以来就很瘦的。

这时候贞的 CT 报告我已经写完了。我再问，谁是家属？一个中年妇女就应声说，我是她的老乡。我对她说，那你进来一下，把报告拿拿走。她就走进报告室里来。她到我身边的时候，我压低声音对她说，贞患的很可能是喉癌。她的表情很明显地呆滞了一下。我连忙说，虽然我说她是喉癌，但这只是影像诊断，最终确诊还是需要病理切片的，所以，希望你们及时，最好是今天下午就到上级医院里去做进一步的诊治。当然，在最终结果出来之前，最好先不要跟病人本人说。——这时候，她已经反应过来了，看了看站在窗外的贞，顺手做着整理 CT 片子的手势，又问了一些问题，我一一回答了。她就来到门外，对贞说，我们走吧，下午到绍兴去一下，再到大些的医院看看再说吧。然后，她们 3 人就走了，走的时候，贞还连着对我说了好几声谢谢。我目送她们走出我的视线，贞，但愿你的路可以走得长远些。我心底里低叹一声。

如果没有 27 号的事情，那么贞，也一如另外的那些患者，会被我遗忘。现在的癌症何其多呢？我不可能每一个都记得那么清楚。但 27 号下午的时候，那天我日班，科室里忽然来了十几个人，围在报告室的窗口，在向坐在窗口的同事询问事情。起先我倒没注意，瞄几眼觉得他们好像是在查找一个病人的影像资料。但同事找不到，就叫了我过来一起找。我把他们提供的姓名输入影像资料搜索栏，也没有找到资料。我就问他们的姓名有没有错误？一个男士说不会错的，身份证上就是这么写的。我就回答说，只有两个可能的，一个就是这个人没有到我们科室做过检查，一个就是你们提供的姓名是错的，身份证上这么写，不一定病历卡上也这么写的啊。但他说这个人一定是到我们医院来检查过的。医院的病历卡他又拿不出，说是丢了。我说那你还有没有别的什么资料？他就从裤兜里拿出一沓复印件来。原来是绍兴市某医院的病历复印件。我一看，他们的首诊病历上写着我们医院诊断为喉癌，我一下子就想起来是贞。马上把 24 号的 CT 资料都调出来，原来真是贞姓名当中的一个字与她的身份证上的不同，是音相同，字不同，一定是贞写病历卡的时候写成了那个字。那个男的一看，就说是她是她，这个姓名她也在用的。我就问他们，你们找她的片子有什么用吗？我们不是把片子和报告都给你们了吗？那个男的说，她不在了！我疑惑地问，不在了是什么意思？心想着，不在了？是贞把影像资料都弄丢了吗？那个男的说，她不在了，死了！

　　我当时是实实在在地被吓了一跳。赶紧问，她什么时候去世的？那个男的说，是24号傍晚！我真是惊讶地张开了嘴。贞再是癌症晚期，好像也不至于那天就去世吧？！我走出了报告室，来到候诊厅。那十余个人就七嘴八舌地跟我解释事情的来龙去脉。

　　原来那天中午贞离开我们医院后，3人就马不停蹄地赶到绍兴市某医院。到了医院，还没到下午上班时间，她们就坐等到上班。接诊医生检查了贞，建议立即住院，开出了住院单，但当时医院没有空余的床位，说是等有床位了就跟她们联系。医院的病床紧张，这是众所周知的事，贞她们也没办法，也就折回了柯桥。但刚下车，贞就气喘得很急，说胸闷，还用拳头捶打自己的胸口。另外两人吓坏了，忙就近找了一家门诊部进去。医生一看，觉得很严重，忙打120。中心医院的120很快来了。车上急救，贞已经接近昏迷。到了医院，马上气管插管，但气管根本插不进去。一番紧急处理，最终还是没能挽回贞的性命。39岁的贞很突然地，就在医院急诊室里去世了！

　　这里介绍一下贞的一些个人情况。贞39岁，离婚，孩子随前夫在老家，她的前夫也就是前面讲到的那个男士。与现在的男朋友交往两个月，24号陪着一起来看病的其中一个是她的男朋友的姐姐。24号傍晚，贞突然去世，那个姐姐怕今后说不清，当机立断，报了案，这边又紧急通知了贞老家的亲属。老家的亲属慌忙于25日清晨赶到柯桥。贞静静地已经成为尸体，亲属们难以接受，怀疑贞是被谋杀的。幸亏那个姐姐已经报了案，警方已经介入调查。怕贞的男友和他姐姐说谎，贞的亲属们又到绍兴市某医院和我们医院来调查，也就有了先前的一幕。

　　原来如此。那个男士很激动，说，不可能这么快死的，不可能这么快死的！了解了事情的经过，我很客观地说，贞的喉腔只有正常的一半大小了，声门这个结构本来就是气道里最狭窄的一段，听你们说的贞最后的样子，贞很可能是癌症导致急性喉头水肿窒息而死的。当然这是猜测，但若说是她的男友谋杀的，我看真的不像的。那个男士很绝望地看着我。问，晚期癌症可以活多长时间？我说，不一定的。我碰到过的最快的一个病例，是一个肝癌患者，自己走着来做 CT 检查，当时虽被诊断为癌症，但身体情况看起来还好的，做 CT 前还在上班，但一星期后，竟然就去世了。男士很快地再问，你有没有对贞说她是癌症？我说我没有，我只是跟贞男友的姐姐说了我们的诊断意见。而且我们是低声说的，贞并没有听见。那个姐姐当时也在——原谅我有脸盲症，没有认出她来——就在旁边附和着我的说法。说，我们没有跟贞说她得了癌症！男士语速短促地说，反正明天尸体解剖了，真相会大白的！我一听，哦，还要尸体解剖啊？但一想，也好，解剖结果，可以给贞的亲属一个交代，也可以还贞的男友一个清白。也许，也只有尸体解剖了！我劝慰着贞的前夫，也是，你们的心情可以理解的，这么快去世，任何人一下子都接受不了的。我也劝慰着贞的男友一方，让他们尽量体谅贞的亲属一方。而在我，他们双方有什么需要咨询的，我会尽力满足的。

　　一大帮人后来都走了。28 号的尸体解剖结果如何？我不得而知。但有一点，贞的死，肯定不是贞的男友谋杀的缘故。贞的男友对我说，25 号的凌晨 4 点多，绍兴市某医院来通知说有床位了，但贞已经死了！他跟我说这件事情的时候，眼神是真切的哀伤。贞的前夫应该也是明理的人，只是一下子接受不了眼前的事实而已。但不管如何，贞已经去世了，这一事实无法更改，没有假如的。

　　贞，到目前为止，是我的就医生涯中，从诊断到去世，时间最短的一位癌症病人。生命短暂，生命也很无常。每年，我们医院都将为几万人进行健康体检，每年，总会检出一些癌症病例。检出的一些癌症病例，有一些，再也不会出现在我们医院。有一些，第二年，还会再来体检，对我们说已经动过手术了，让我们仔细看看他们恢复得好不好？还有一些，伴癌生存着，也许在今后的几年中还是年年会出现在体检队伍中，也许在某一年，他们也消失了。

有一个很顽强的肺癌病例。姓唐，女性，60多岁，2006年健康体检时查出患了左肺癌伴两肺多发性转移，无法手术。家人尽力为她治病，她也很幸运，对一种抗癌靶向药物很敏感，疗效显著，期间服药伴癌生存几年。2010年春节前，她最后一次到我们医院住院，这时候她已全身多处转移了。除夕的前一天，她出院时，我正好在住院部与门诊楼之间的走廊里。看着她走过来，我就跟她打了招呼，跟她说，你回去了好好休息。她无奈地但也平静地回答我说，我也只能休息了，我不休息还能做什么呢？谢谢徐医生啊！

我目送唐瘦弱的身影消失在走廊尽头。2010年春节过后，听到消息说，她已经去世了

她，命运多舛的人生

癌症的发展再怎么快，我也想不到她已经于日前走了。

她一生未婚。也是造化弄人。十八年前，她二十五岁的时候，再两个月左右就到那年的年底了，到那时她就是新嫁娘了。一大家子欢欢喜喜地为她的婚事忙碌着。她自己也是快乐着，忙乎着。

谁承想，有一天她突然肚子痛得很厉害。到医院一查，原来是浆膜下子宫肌瘤合并蒂扭转，需急诊手术。也就在当地医院手术了。术中快速冰冻病理切片结果出来，病灶竟然是恶性的！主刀医生根据病理结果就把她的子宫、附件等一股脑儿地拿光了。

接着再化疗。再复查。那原本是她人生中最快乐的一段时光，她都待在医院里了。婚期没有如期进行。痛定思痛的理性分析后，两个准新人分了手。一段美满姻缘就此了结。

也许是年轻，也许是命大，几番痛苦的治疗过后，她挺过来了。

十八年来，她都很健康。她学了会计，给一家单位做财务，属于主管级的，主办会计吧。她后来一直没有谈男朋友。说不想害了别人。十八年来，也就一直跟她的老父老母住在一起。后来在市区买了房子，也仍是三个人一起住。

老父老母当她是长不大的孩子，一直宠着她，爱着她，照顾着她。她也乐得时常在父母怀里撒撒娇。日子如水地过去。到现在四十多岁的人了，性情还像孩子一样。假如她病后几年大家还有些担心她的病情的话，那么这些年，大家基本就放下心来。她逃过劫难了。她应该快乐、平安、健康地活着一直到老。假如有点遗憾，也就是她的婚姻大事了。但她说不再考虑此事，大家也就随了她。一个人过，还有父母陪伴，也不错的。

灾难是在不知不觉中降临的。

去年下半年，她感觉胸背部有些疼痛，起先以为是做财务工作老低着头，得颈椎病了。也不当回事。但疼痛感越来越强烈。后来就到医院看病。拍了胸部 X 光片，正常。开了药，吃了还是痛。一周后她去医院复查，胸椎检查形态正常。还做了腹部 B 超、血液化验等。腹部没发现什么异常。化验结果除了有两个指标稍高外，也没有特别的异常。当时还开了些中药。过了些日子，她自己感觉好多了，家人也就放了心。

但半个月都不到，她又痛得很厉害了。再到医院就诊。做了胸椎CT，第八胸椎居然已是中重度的压缩性骨折改变。第二天，又做了胸椎的 MRI，除了第八胸椎外，其余的几节胸椎以及邻近的肋骨骨质都有异常信号影。看来情况很严重了。想想，她那么年轻，一般而言，骨质疏松引起的椎体压缩性骨折还不至于，再说，前面的两张片子显示当时的胸椎椎体形态还都是正常的呢。

这么顽固的疼痛，进展这么快的病情，难道？大家都有点不敢想象下去。

第二天，家人陪她到省城医院请专家会诊。专家的意见很明确：是骨转移瘤。来源不一定是她十八年前的子宫癌。化验中那两个稍高的指标提示癌症有可能来源于消化系统。还是先做个上腹部 CT 吧。到中午时，她做完了上腹部 CT。下午回来后，家人直接把她送进了本市医院。当时她疼痛感觉已经很厉害了。到省城去，都是硬撑着去的。

第二天，省城医院的专家打电话过来，告知她上腹部 CT 扫描肝脏、胰腺等倒没什么，但胃前壁增厚，建议做个胃镜检查，还有再做个 ECT 检查——该专家对于消化系统疾病的诊断在国内是很有声望的。家人们依计而行，她就在当地医院里做了胃镜和 ECT。

胃镜结果出来了：胃前壁有一个 2 厘米左右的不规则溃疡面，病理结果是胃腺癌。ECT 的结果也出来了：除了胸椎、肋骨，她的肱骨、枕骨也都有了转移灶。

一切已成定论。专家的意见得到了病理证实。

在病理结果出来后，一家子讨论，要不要告诉她疼痛的原因？讨论的结果是要告诉她。但后来，一直到她的最后，大家没有一个人敢告诉她实情。她在医院住的并不是肿瘤病房，而是康复科。起先她没有怀疑自己的病，但后来，看到亲友们尽心尽力地陪伴她，看到那么多的人来看望她，也许，她是有点感觉到了。但一直到她生命的最后，她也并没有询问任何一个人：我得的究竟是什么病？

也许一切尽在不言中。

她的病情发展得很快。生命之花以超乎人的想象的速度迅速地枯萎下去。到她生命的最后三天，她已经讲不出话来。最后家人们把她从医院里接出来，回到市区的家里。在众亲友的陪伴中，她走完了她的一生。亲友的哀痛可以想象，尤其是她的老父老母，都已八十高龄，白发人送黑发人，其情可怜！

她是一个命运多舛的普通人。我这个旁观者，在她生命的最后一些日子里点滴介入到她的生活中，见证了她最后岁月的一些踪迹。我在此把我所知晓的这些点滴、这些踪迹做个记录，留存这些文字，也算我对她的一个纪念。

　　人生短暂。我想不管生命多么脆弱，不管人生多么平凡，但我们毕竟生活过、生活着。在这份生活的围城中，我们抵达，我们也终将远离。那么，就请珍惜身边的一切，就请善待身边的一切，就请宽宥身边的一切。洁净心灵。在生命的最后，让我们看花好，看月圆，能够带着满足的微笑离去。

风尘女孩，那老无所依的哀叹

近日忙中偷闲，看了科恩兄弟执导的《老无所依》。难怪它成为第80届奥斯卡的得奖大户，我看后有一种无以言说的痛与悲与惊讶。那些血腥的、无缘由的杀害，那些恐怖的、无忌惮的暴力，一如影片简介所说："转眼之间，恍如隔世，眼前的社会早就不适合那些生活在旧时代的人们，安定与法制已成过往。"

这让我忽然想起一个人来。这一个人，也许就是影片所寓意的——"No Country For Old Men"——没有了，没有了前途，没有了未来，一切都是虚无，一切都是荒谬。但很不幸的，她是真实存在的。

她，权且叫她苏吧。是我认识的一个病人。初见她时，是在一个仲夏的午后。阳光依然耀眼，从门诊部的大门口进来三男一女。男的个个彪悍精干的样子，一来，就一个站在前门口，一个站到后门口，一个就陪着那个畏畏怯怯的女孩来到就诊台前。这一个架势，我们一看就猜个八九不离十，准是干那一行的，女的生了什么病了。畏怯着的女孩很年轻，最多十八九岁的样子。圆脸，单眼皮，相貌说不上很出色，但皮肤很是白皙，再加上年轻，也就给人可人的感觉了。女孩的目光里有一些卑怯，有一些恐惧，有一些茫然。常规的问诊过后，我带她到旁边隔离的化验室化验了白带。看着高倍显微镜下一些仍然在游动着的蝌蚪状的精子，一些如同串珠状的霉菌孢子。对着此刻独自坐在我身边的女孩，我说：

"你刚过完性生活？你得的是霉菌性阴道炎。"

女孩有些扭捏，有些拘谨地低下了头。又忽然抬起头来，说：

"我是被逼的。我不干，他们几个人把我按住了……"

我犹豫了一下，说："我可以给你报警，只要你愿意，我马上帮你打电话。"

女孩的眼里闪过一丝亮光，但随即又暗淡了。

"不了。谢谢您。我没用了的。我已经……在我的老家，像我这样的人是找不到对象了的。即便找着了，也会给人退回来的。我没用了的。还是挣些钱给我弟弟读书吧。哦。我有一个弟弟，他读书很好的！"

我站起身来。女孩也紧跟着我走出了化验室。配了药，女孩在那三个男子的带领下走了。我知道她是穿过国道线，走到马路对面的一家宾馆里去了。那里常驻着一些风月场所的人，经常来打点滴，有些人已经眼熟了。

后来好些日子，并没见着这个女孩来。就在我渐渐淡忘她的时候，二三个月以后，她又来了。说真的，一看到她，起初我并没有记起来是她。时令已是深秋，已有些寒冷的感觉，女孩穿着依然暴露，卷了头发，还染成了鲜亮的黄色，很是时尚，要不是举手投足间的风月之气，这应该是一个靓丽纯静的女孩子。

这一次，她是一个人来的。她亲亲热热地叫我。在我犹疑的刹那，她陡然爆发出一阵银铃般的笑声：

"我是苏啊！我就是那个苏啊！"

记忆一下子在我的脑海里复苏了。我有些惨然地微笑了。那个苏终于变成这个苏了。已经不需要监督，已经不需要护卫，已经是一个很自觉的那个行业的"工作人员"了。

也许是苏缺少朋友，也许是苏觉得我尚可信任，这一次，苏可以说是滔滔不绝地对我诉说了她的一切。"我现在最高兴的是经常可以寄钱回家，我妈说了，我弟弟读大学的学费就指望我了。"我耐心地倾听着。我可以感觉到她的寂寞，她的无奈，她的悲哀，包括那混杂在其间的一丝丝可怜的自豪。这些难以言说的事，即便她回到家乡，回到父母兄弟身边，依然是难以言说的事，此刻，她一股脑儿地对我这个陌生人说了。

"你得的是淋病，这是一种性病，这一次，不只是配一点药的事了，你需要打好几天点滴。"

见缝插针地，我对她说了这次她的检查结果。她诉说的声音停顿了下来。马上又说：

"没事，需要打几天就打几天吧，我跟我老板说说，让他放我几天假也好的啊！"

女孩就在诊所里挂了几天点滴。末了的一天，她忽然神神秘秘地对我说：

"如果有一天，我不在这里了，到了很远很远的地方，我还是会想起您的。真的。我会想起您来的。"

我静静地听着。有一些感动，有一些惭愧。作为一个公民，我并没尽到一个公民应尽的职责，也许在最初时我替她报警，她也不会在这个泥淖里陷得这么深，也许我应该劝她早点终止这样的生活，在她现在这样"自由"的时候，她完全可以走掉的。

"没用的。我不会走的。我是没有将来的人了。"

她说完这句话，叹着气，走了。走到门口一刹那，又回过头来朝我笑了一下，顽皮地、青春地、明媚地笑了一下，我竟然有些呆呆地回望她，看她纤弱的身影混杂在车水马龙中，不见了。

不见了。一直到现在，我也没有再见到过她。我不知道如今的她可好？她是否真的到了一个很远很远的地方？我但愿她已经回到家乡，埋藏起在这个陌生的江南小城的所有一切肮脏的记忆，重新开始她原本宁静的生活。也许这份生活会很贫瘠，会有磨难，但至少，在心灵上，她会安生，而不会像一只飘摇的断线的风筝，无所依靠地，在异乡任人欺凌。

我不知道这是不是一个无法实现的梦？苏，你若真的会想起我来，那此刻，在这样一个荒凉的雨声零落的冬夜，我对你的祝愿但愿你能够感应。人来世上，境遇各不相同，但一颗心，向往美好的心，应该是一样的。人只能自己对自己负责，命运其实是掌握在自己手里的，一切时候都可以是开始，一切开始的时候都不能算晚。

那老无所依的哀叹，就让它雨打风吹去，可好？！

风花雪月，一场让人悲悯的情事

　　风花雪月这四个字，总让人想起爱情。赋予这四个字出处的大理古城，闻之让人平添浪漫温情。很庆幸，我微渺的足迹亦曾抵达过那里。下关的风曾经吹过我的耳畔，苍山的雪我也点点片片地遥遥目睹。只是不曾见着上关的花，也不曾见着洱海的月。唉，旅游么，一切都是匆匆。但即便如此，风花雪月四景，还是在脑海里不经意间总是予我以美感，予我以诗意。恰如那在心际岸边始终回旋低吟的乐章，旁人视之若无，但只有自己知道，那是一种现实的毋庸置疑的真实存在。

　　风花雪月的一些事，关于爱情的一些事，让我在此刻的隆冬时节从缅怀中穿过时空抵达我人生中的一个时段。那还是我的学生时代，那一年我碰到了一件事。在我的人生里，在他们的人生里，当年的这件事，也许幼稚，也许愚蠢，但是，我想用爱情这个理由，是可以原谅一切幼稚与愚蠢的过失的。是那么年轻的、费尽心思的甚至是步步为营的爱情啊！

　　"她得了胰腺癌！"关于这一件我在此所要叙说的故事，在我知晓这段感情发生的当时，是与"胰腺癌"这三个字并存的。那是在过完寒假之后，开学没多久，正是春寒料峭的日子。我闻之浑身都起了鸡皮疙瘩。昊与雯发生感情并不让人意外。虽然他俩并不是同班同学，而是分属两个班，但一班基本是男生，一班全是女生。即便在感情还算保守的当年，这样的一群年轻人，接触多了，其间擦出一星点二星点的火花，也并不算让人太感意外吧。让我意外的是雯居然得了胰腺癌！我们是医学生，临近一年多就将毕业的医学生。谁都知道，胰腺癌我们内部是称其为"癌中之王"的。胰腺癌产生临床症状被发现时大多已是晚期，而且进展迅速。内外科老师讲到这个章节时总是要着重讲一下它的这个特点。所以，当昊对我说雯得了胰腺癌时，我的第一个印象，条件反射般的就是：雯快要死了！

雯快要死了！焦急和可惜的不光是昊，还有知晓这件事的所有人，包括我。在昊的口中，我们知道了大致的经过：雯在寒假里写信对昊说，她身体不舒服到医院去检查，却被查出得了胰腺癌，她瞒着父母，只对昊说这件事。然后，她述说了她对他的感情——假如在寒假之前，他俩的感情还是朦朦胧胧、云遮雾绕，中间隔着一堵若有若无的墙的话，那么这封信，就是推翻那堵墙的最后一股力量。墙倒，灰尘散尽，我爱的妹妹孤独地站在那里，柔弱无依，沉疴缠身。年轻的昊被自己的想象弄得茶饭不思，当即打电话给雯要求到她家去看她——雯接受了他的感情，拒绝了他到她家去看她。说不想让家人知晓这件事，她年后还会来上学。她只想在昊的爱中走完这一生。

这份爱是多么美好，又是多么凄惨！所幸是寒假，比暑假总要短得多。在昊的焦躁等待中寒假终于结束了。昊看到了雯。病中的雯与年前的雯相仿，也许脸色有那么一点苍白？昊觉得雯是有那么一些苍白的，我们也感觉是。雯是漂亮的，还是那么活泼，那么可爱，圆圆的脸一头卷发，笑起来酒窝很深，很像芭比娃娃。病魔仿佛还没来得及使她形销骨立。知晓这件事的也就我们几个人。很多人并不知道她生病的事。我们也替他们瞒着，瞒他们的感情，瞒她的故事。他们很隐蔽的。当他们在夜自修时去操场谈心，或是到街上闲逛，当他们在星期天时到周边的旅游景点或是登山，或是泛舟，我们都替他们瞒着的。我们还偷偷用不多的生活费凑钱给她买补品吃。所谓死党，就是这样的。我们，包括昊，唯一想做的，就是想让雯快快乐乐地度过她生命中的每一天。

日子一天一天地如期过去。转瞬一个学期就要结束了，想象中的死亡并没有探头探脑的样子。雯健康得很。体育课还可以跑八百米而且达标呢。我们半是欣喜，半是疑惑。并不是我们心怀恶意，盼着雯的死期。而是，雯真的不符合胰腺癌病人的常规。不需治疗，仍能正常上学，而没有任何临床症状。这些疑点不得不让我们的猜测不断增加增强。"雯会不会不是胰腺癌？"我们想，昊也这样想。"医院的诊断错了吧？"昊开始探询雯。

在多次的犹犹豫豫、欲盖弥彰之后，雯终于道出了实情。原来所谓的"胰腺癌"只不过是一个莫须有的谎言。雯只不过为了早点得到昊的爱，所以为自己的身体制造了这样一个绝症。当雯说出实情时，想想当时的昊吧，想想当时的我们吧，整一个震惊，集体晕倒。我们的可怜的怜悯心，昊的蒙在鼓里的爱情，就这样被不轻不重地戏耍了一回。

昊与雯，最终还是分道扬镳、孔雀东南飞。在一段纯洁无瑕的感情中，抹上这样一层居心叵测的灰颜色，对昊而言是受欺骗，对雯而言，仿佛就此欠着昊了，有些愧疚。心的连接再也不是两小无猜般的亲密无间了。那推倒了的墙重新耸立起来，阻绝了两人。人在对面，已是陌路。感情么，可以是生生世世情比金坚，但说散，却可以即刻就散的。

我，一个老之将至的人，在这样一个灰冷的冬季想念风花雪月的景色，想念我的年轻的学生时代的这件情事，内心充满悲悯。以爱情的名义，雯的谎言早已在我们的心田成为美丽的令人心痛的回忆。很多人有缘无份，命中注定的一些劫难，总是难以脱逃。过去种种，已然成为过往。只留下一份想象，让我们在往事的流逝中等待，等待着我们再也无法抵达的年轻的岁月，最终消逝在命运的彼岸。

第二辑

当时明月在

那么，还学医吗？

病人对医师的信赖，往往并非全心全意的，而是一种无奈的、暂时的、姑且试试的、随时准备翻脸的信赖。但这种脆弱而又紧张的关系，似乎是无可避免的，因为任何素昧平生的两人，要在匆促之间建立起利害关系，都有其潜在的危机。

——这是二十多年前，当我还是一名医学生的时候，看到了台湾王溢嘉先生的《实习医师手记》，里面有一篇《随时准备翻脸的信赖》，我摘录在笔记本上的一段话。

一转眼，二十多年过去了。沧海桑田，时至今日，医患之间这种潜在的危机，不知道从何时起，已经逐渐演变成了明目张胆的患者对医者的诬赖讹诈，以至殴打砍杀，直取医者性命——只要这个患者喜欢这样子做，似乎就可以。然后，会有某些无良媒体推波助澜；然后，会有某些吃瓜群众幸灾乐祸。然后，看着那些受难的医者的或屈辱或绝望的目光，其余的医者，义愤填膺之余，只能兔死狐悲，这一刻不知道下一刻，类似的悲剧是否也会在身边发生？

不要再对我说这是偶然发生的个别事件，已经听得太多的悲剧。悲愤，心痛，无奈，总之五味杂陈。

远的不说，光是这些天，朋友圈里刷屏的就有广东省人民医院口腔科陈仲伟主任被患者砍成重伤生命垂危之事，以及各大媒体争相转发一篇"安徽男子术后右肾失踪"的报道事件，这都是2016年5月5日发生的事件。

于前者，仅仅因为一颗20多年前做的烤瓷牙颜色变黄，也成为以穷凶极恶手段砍杀医生的理由，好像天方夜谭一样的事，但在现实中，却真真切切地发生了。5月6日晚写这篇文的时候是深夜，据丁香头条播报，被砍陈主任目前仍处于昏迷状态，病情极其危重，估计凶险极大，生存希望渺茫。但7日中午，据智慧医疗的最新消息，陈主任经抢救无效，已经去世。

于后者，幸亏当事医院徐州医学院附属医院反应迅速，拿出两份术后复查CT片证实术后肾脏存在，该患者属于外伤后肾萎缩，而不是被无良患者和无良媒体诬陷的于胸部手术中摘除了患者的肾脏。图在证据在，清者自清。祈祷一下，幸亏当时术后复查了CT，要不，在铺天盖地舆论口诛笔伐之下，当事医院还真是百口莫辩。

我的手机开通微信后，朋友圈里转发的第一篇文，是《贾斌斌医生祭文：问苍天，何谓善报？》。那是2015年1月25日凌晨，栾川县人民医院骨伤科主治医师贾斌斌被患者殴打并被推入电梯井自15层坠下重伤不治，其友义愤填膺、悲伤痛惜之余，写下此血泪祭文。

然后到目前，我的朋友圈里转发的最后一篇文，是陈仲伟主任被患者砍杀的报道。

仿佛一个轮回，并成为一个死结，救死扶伤本该受人尊敬的医生，竟处于被砍杀殴打以致丢了性命的悲惨境地。

呜呼哀哉！覆巢之下，安有完卵？为被害的医生祈祷，其实也是为行医的自己祈祷。

同样是 5 月 5 日，夜，我院妇产科值班医生被患者殴打。被打缘由"莫须有"，好好地正在看病，结果患者想打就打了，值班医生都没有反应过来，被追打至医生值班室。后来医院报警，民警赶到后，患者居然反咬一口，说是医生殴打了她。

民警遂调看监控录像，虽然监控没有正面拍摄到打人场面，但从当时患者背影的动作看，可以明确是患者在动手打医生。

幸好有监控。

然后医患双方都被带至派出所，去做笔录并处理。处理的结果，一是患者被执行 24 小时拘留，二是患者向医生赔礼道歉。

好吧，就这么处理好了。我们的这位值班医生，自己爹妈都舍不得骂，更舍不得打的医生，现在托了做医生的福，丢下孩子，丢下温馨的家到医院值夜班，然后以"莫须有"的名义，被素昧平生的患者谩骂殴打。

除了接受道歉，你还能怎么着？从陈仲伟主任的事件看，你是不是还得感谢患者不杀之恩？

你说某些患者无理取闹也好，你说某些患者飞扬跋扈也好，但是，到底是谁纵容的呢？其实曾经有一段时间，医院曾明文规定：不能有投诉，一有投诉，当事医生不论对错，都得罚款。也就是说，作为医生，你黑当然是黑，你白也得是黑，患者骂你，你得乖乖听之，不能还嘴；患者打你右脸，你得把左脸也迎上去。——其实这样也不行，因为无论怎样，只要患者不满意，投诉你，那就都是你的错，你就等着罚款吧。

事到如今，是不是，医疗界自己种的苦果自己吃？你不要自己的尊严，你自己都不尊重你自己，那还有谁来维护你的尊严，还有谁来尊重你的人格？

好吧，不仅骂你，不仅打你，现在，还得来要你的命了。

我好羡慕 2016 年 4 月 18 日那位被打的顺丰小哥，被打后的第一时间，顺丰总裁王卫即严正声明："如果这事不追究到底，我不再配做顺丰总裁！"以整个集团之力声援快递小哥，最终打人者因涉嫌寻衅滋事被依法处以行政拘留 10 天处理。

……

其实医生和大家一样，救死扶伤的光环之下，都是一份养家糊口的职业。

曾经有一位微友前来咨询我，他有一位正读高三的儿子，高考志愿想填报医学类，但由于当下的医患冲突层出不穷，他拿不定主意，就想听听我的意见。

我当时的意见，是建议他儿子填报临床医学专业。他说理由，我是这么回答的：

第一，既然学医，当然以临床医学为首；

第二，医学生一般都比较理智聪慧，智商较高吧；

第三，医学这门行业和政治相对较远，哪个朝代都得有医生吧；

第四，医疗行业现在哪里都缺人，这行业就业没问题；

第五，如果一个家庭有一个亲人是医生，那整个家庭，甚至整个家族就都有福了，在生老病死上，他们会获得有效的帮助；

第六，学医了，对人的身体结构、五脏六腑均了如指掌，对饮食养生均有帮助，是不是很接地气很生活？……

我啰唆了这么多，他还是问，那风险呢？

是的，那风险呢？一言以蔽之，学医风险大的，尤其是如今，风险更大。不说本科要多读一年，也不说那堆积如山的医学书籍得一本本啃，也不说毕业了还得临床规培3年才能执业，更不说那忙得不敢喝水的疲惫，那活到老学到老考试到老的长途跋涉，还有那值不完的夜班，等等，如今学医风险之大在于，是你很可能还得搭上自家的性命。

譬如陈仲伟主任，这位口腔科医生的退休文件刚刚批复，但辛辛苦苦、累死累活一辈子，所有的忙累与付出，竟全是为了赶赴被砍被杀这场悲剧！

那么，还学医吗？

扪心自问，所有不曾学医的，所有已经学医的，所有正在行医的，看到如此多的悲剧纷沓而至，是否，其实应该一定是，会有刹那的犹豫与担忧与后怕吧？！

医学说起来相当残酷，它是以人的生命为代价换来的学问。

——这是王溢嘉所著《实习医生手记》之《恰似剑客的感慨》中的一句话。现在，这个生命的代价，并不仅仅是患者们的疾病与生命，同时也包括了医生们自己。

地火在地下运行，奔突；熔岩一旦喷出，将烧尽一切野草，以及乔木，于是并且无可朽腐。

——这是鲁迅先生的《野草》题辞。以此结束此文。

并为所有在医疗行业献身的同仁祈祷。祈祷你们在天堂，没有砍刀，没有拳打脚踢，在天堂，你们苦尽甘来，可以安然退休，可以享受天伦之乐！

悲情五月

　　我们是人啊，怎能不悲痛，当我们目睹一个辛勤工作着的人被活生生残忍地锤击杀害！

　　这是一个在单位工作了 18 年的医生，这是一个家中的独子，这是两个孩子的父亲，这是一名代课教师的丈夫——他，就是 2016 年 5 月 18 日被患者家属辱骂殴打重伤去世的王俊！

　　2016 年 5 月 18 日 13 时 40 分左右，湖南祁东县人民医院五官科王俊医生在接诊过程中被患者家属辱骂殴打致重伤，于 5 月 18 日 17 时 15 分离世。

　　据邵东县人民医院就王俊医生被病人家属殴打致死情况汇报情况及目击者介绍，当日 12 点 40 左右，5 名交通事故受伤患者入该院五官科住院部就诊。其中两名患儿，一名 4 岁，一名 2 岁，在 13 点 40 完成 CT 检查返回病房。当时有两名医生，一名医生在写病历，王俊医生在给另一位患者行清创手术。患者家属要求王俊停下正在进行的手术，为他的孩子看病，王俊告诉这名男子，小孩的情况不算严重，即使要做手术也只能等这台手术结束之后，让患者家属等几分钟。但家属不愿意等，遂发生口角，进而起冲突，多名患者家属围殴王俊，其中一白衣患者家属用手捶击王俊头部，致王俊医生当场倒地，神志丧失、呼吸停

039

止、大小便失禁，经市县两级专家抢救无效去世。

又一名医生在正常的诊疗过程中不幸丧生！

据央视新闻 19 日报道，王俊，1976 年生，是家中独子，衡阳医学院毕业，在邵东县人民医院已经工作了 18 年。育有两个孩子，一个是 7 岁的女儿，另一个是刚刚出生 10 个月的儿子。据同事介绍，王俊性格很好，从未与同事急眼争吵，平时看到别人吵架会进行劝阻。

但就是这么一个原本生活安宁的中年医生，竟然在中午值班时遭遇飞来横祸，于辱骂之外，又被一干患者家属群起而殴打，直至被手锤击脑门，竟至于突然离世！

而可恶的是，面对倒地的王俊，杀人家属淡漠地离开，又若无其事地前往另一家医院继续诊治。怎样的狠心与麻木，才会做出如此行径！

2016 年的 5 月，注定已是中国医疗界的悲情之月：

5 月 5 日，广东五官科医生陈仲伟被患者砍杀并于 5 月 7 日不治去世，被砍 30 多刀呀，犹记得那一张受伤前的脸，以及那一张受砍杀后的脸，那已经不是一张完形的脸，真正的面目全非，让人痛心！

5 月 10 日，重庆外科医生汪永钦在值夜班时，于凌晨 2 时被三名就诊者砍伤，造成面部大面积刀伤、背部多处砍伤和右侧肋骨骨折并血气胸、肺破裂。所幸经抢救，汪医生没有生命危险，于悬崖边捡得一条命，逃过一劫。

5 月 11 日，四川大学华西医院前院长石应康，从 20 楼家中悲情一跃，惨烈辞世，其命运的年轮以 65 岁定格，震惊世人。

而 5 月 18 日，悲剧性的灾难降临到了湖南祁东的王俊医生身上……

王俊事件后，国家卫计委罕见地于 18 日深夜在其官方网站上做出回应，对暴力伤医案件表示强烈谴责。同时国家卫计委与公安部联合成立工作组赶赴湖南。目前 3 名犯罪嫌疑人皆已归案。

时间回转到 2013 年的温岭杀医案。当年的 10 月 25 日，浙江温岭市第一人民医院五官科医师王云杰被一名男子捅伤，经抢救无效死亡。凶犯连恩青于 2015 年 5 月 25 日被执行死刑。

温岭事件发生后，国家卫计委等 11 部门联合印发《关于维护医疗秩序打击涉医违法犯罪专项行动》方案，从 2013 年 12 月起在全国范围内开展为期 1 年的专项行动。此项行动，对外宣称凡涉医犯罪者，均为"零容忍"！

而 2016 年 5 月连续的伤医事件发生后，一时间网络上各种关于医务人员如何自保自救的漫画图片及实用操作手册层出不穷，让人于分明的笑里，看到了医务人员流淌的分明的泪。

2016 年 5 月 16 日，公安部治安管理局在其官微上表示：无论在什么情况下暴力伤医，都将依法严厉打击。5 月 17 日《人民日报》作了伤害医生，就是伤害我们自己的评论。当日《人民日报》就此事的原标题是这样的：

医生全副武装、医院严阵以待，有加剧医患对立之嫌。

说真的，不管其内在的文字是如何写的，但一看这个标题，我有一种如鲠在喉的感觉。全副武装、严阵以待的字眼，本该出现在敌我之间，出现在战争场面，但从什么时候起，医患之间，需要动用如此的形容词了？

而且，说真的，当那夺命的灾难来临时，医生全副武装、医院严阵以待，此等防备并不为过。人命大于天，患者的命是命，医生的命也是命。

医生在一个安全稳定的环境里行医诊治，这实在是平安社会的最低要求。

为什么，连这样的基本诊疗环境都不能保证，而让医务人员在行医之时担惊受怕、人人自危？

何其悲怆！

世有名医，乃中国传统医学鼻祖、战国时期医学家扁鹊，据《史记·扁鹊仓公列传》所载，他行医有自己的"六不治"原则：

使圣人预知微，能使良医得早从事，则疾可已，身可活也。人之所医，病疾多；而医之所病，病道少。故病有六不治：骄恣不论于理，一不治也；轻身重财，二不治也；衣食不能适，三不治也；阴阳并，藏气不定，四不治也；形羸不能服药，五不治也；信巫不信医，六不治也。有此一者，则重难治也。

扁鹊这"六不治"原则，翻译成白话文就是：

一是依仗权势，骄横跋扈的人不治；二是贪图钱财，不顾性命者不治；三是暴饮暴食，饮食无常者不治；四是病深不早求医者不治；五是身体虚弱不能服药者不治；六是相信巫术不相信医道者不治。

扁鹊凭借深厚的医技、秉守此"六不治"原则，云游各国，垂范后人。据传，他过邯郸，闻贵妇人，即为带下医（妇科）；过洛阳，闻周人爱老人，即为耳目痹医（五官科）；来入咸阳，闻秦人爱小儿，即为小儿医（儿科）。他随俗为变，既为君侯看病，也为百姓除疾。

医患双方，皆应似谦谦君子，温润如玉。

而君子有所为，而有所不为。

在全国范围内医院结成同盟成立黑名单共享制度，集体封杀那些医闹，骄恣不论于理，不治！又有何不可？！

在医闹蛮横无理纠缠之时，警察鸣枪示警震慑歹徒，让那些枪声时时划破长空警示居心叵测之人，又有何不可？！

在暴力伤医持续不断，若长此以往，有朝一日，所有医务人员以罢工请愿，还我平安，以保障基本的医疗执业环境，又有何不可？！

呜呼！其实今日无话可说！

近日有两则新闻。

一则是：

2016 年 5 月 22 日，央视 CCTV 新闻频道报道，国家今年将招收 5000 名免费医学生。消息称，今年国家将为乡镇卫生院等基层医疗机构，招收 5000 名农村订单定向免费医学本科生。这些医学生毕业后，须到城市大医院接受 3 年全科专业住院医师规范化培训，再到基层从事临床工作。

另一则是：

2016 年 5 月 24 日，安徽省巢湖市无为县姚沟镇吴大村卫生室的吴彬医生，接诊一位支气管哮喘的 43 岁女性病人，原本已将离开转诊的患者在卫生室如厕时突然病情加重，吴彬随即给予输液治疗，后患者抢救无效死亡。家属将患者尸体存放在卫生室 36 小时并设灵堂奏哀乐，要求赔偿 70 万元，吴彬被患者家属软禁达 24 小时，后经卫生局和镇医院协商解决，达成吴彬赔偿患者 18 万元的协议。

据悉，吴彬医生在诊治时处方及治疗原则并无过错，此次事件属于无责任事故，但仍被要求一次性赔偿患者 18 万元。

记得 2012 年国庆期间，央视《新闻联播》曾播放了一组在街头随机采访普通人的新闻，采访主要只提及一个简单的问题："你幸福吗？"简单的问题，答案却千奇百怪，由此引起当时热议。

如今，作为一名医学生或医生，尤其是一名即将前往基层医院工作的医学生或已经在基层医院工作的医生，央视是不是可以再来一次采访：

医生，你幸福吗？

那是 1994 年的 7 月。我从浙江省绍兴卫生学校放射医士专业毕业，分配到一家镇中心卫生院，再被分配到下属的一家分院里。在分院领导那里报到后，由一位吴姓医生阿姨陪同参观我即将工作的地方。

说是参观，是站在院子里一眼望到头的参观：共计两栋两层小楼，院子在中间，两栋楼一前一后，前面的那栋是门诊楼兼行政楼，后面的那栋是医技楼兼职工宿舍。

嗯，属于我的放射科在后面一栋的一楼西面，一间机房，一间办公室。单床单球管的 X 光机，透视是室内透视，转换成摄影模式时得费力而烦琐地把球管的各个螺丝拧松，球管掉头，再把螺丝拧紧，才能工作。

那时候我刚刚从浙江省人民医院放射科完成一年的实习，那里仅是放射科就比眼前的整个医院都要大许多倍。我特别喜欢那里其中的一台 X 光机，悬吊式，移动方便，拍摄角度自由。在省人医，不说普通摄影，胃肠造影（GI）、排泄性尿路造影（IVP）、内镜逆行胰胆管造影（ERCP）等都早已开展，省人医当时的数字减影血管造影（DSA）走在浙江省的前列。而我作为一名实习组组长，普通放射诊断和技术我都学得蛮不错，若留在省级医院，我相信我亦能胜任愉快。

但我就被分配到眼前的卫生院的分院了。老实说，一到医院里报到，虽然有心理预期，但在一刹那，我的内心还是有很大的落差的，同时也有点茫然——这就是我即将开始工作的地方吗？

是的，这就是我即将开始工作的地方。在那家分院里，我工作了半年。在这半年里，我还是勤恳工作着的，虽然病人不多，但我拍摄的X光片让临床医生惊讶：你拍出的照片怎么这么清楚？——我是用心拍摄，用心洗片，这样子出来的X光片当然质量优良不在话下。然后，我的诊断报告也让临床医生们很放心。

半年之后，我回到总院里，一直工作至今。

弹指一挥间，22年过去了。

我幸福吗？

我为什么会被分配到卫生院？因为当年我们学校招收的放射医士班，全班都是定向委培生。所谓定向委培，就是你从哪里来回哪里去，从一入学，你的工作单位方向基本已经确定了。这和国家今年将招收的5000名免费医学生相仿，只是当年我们学习并不实行免费，也就是说，比这些免费生还惨。

但无论是否免费，结局是一样的：从哪里来，回哪里去。

那时候真不懂，觉得考上了中专，是那么难考的中专，能够考上就是好的。然后这个中专还包分配。当年读书是觉得安稳的，只要读好书，工作单位卫生局已经给你安排好了。所以毕业后，老老实实地报到上班。

一个中专生的身份，让我以后的人生付出了更多的努力与精力。读临床医学的大专，读医学影像学的本科，一路在单位与考场间奔波。然后又一路参加晋升考试，由医士晋升为医师，由医师晋升为主治医师，然后于 2013 年，我顺利晋升为放射医学副主任医师，成为本区 16 家镇街医院到目前为止唯一一名获得本专业高级任职资格的放射医生。

其间甘苦，唯有自知。

我幸福吗？

据本区 2015 年定向培养基层卫生人才招生（招聘）公告，大专 3 年，补助 3.6 万元，本科 5 年，补助 10 万元。并规定，本科定向培养生在其选择的医疗单位从事医疗卫生服务的期限为 8 年，面向村卫生服务站的大专定向培养生在村卫生服务站工作期限不得少于 20 年．

按公告所述的意思，定向本科生允许留在社区卫生服务中心，而定向大专生只能到村卫生服务站工作，且工作期限不得少于 20 年。简洁一点说，就是用 3.6 万元的补助，外加提供一个最基层的医务工作岗位，然后购买你 20 年的最活力四射的时光。

因无差错事故被赔 18 万的吴彬医生，他也是村卫生室的医生，据其所说，每年的工奖收入是 3 至 4 万元，那么这 18 万元，他不吃不喝得至少攒 4 年半。

吴彬医生，你幸福吗？

免费的定向培养医学生们，未来的村医们，你们幸福吗？

目前基层的社区卫生服务中心，除了日常诊治外，还承担了大量的健康体检任务。我本人所工作的医院，自 2006 年起至今，为不同居民提供健康体检已成常规工作。

还记得 2006 年，当年是 3 月初为育龄妇女开展健康体检，又于 4 月底开始为参保人员及老年人开展体检。当时开始体检的时间定于每天早上 6 点，然后医院又要求体检工作人员提前半小时到岗。真正的披星戴月，大家是咬牙坚持了下来。

现如今，一样的，仍是每年不间断的各类体检任务，只是还好，早上的体检时间改为 7 点开始。

相比以前的 6 点，如今的 7 点开始工作，其实真的感觉已经幸福很多。

所以，能够感觉到幸福，就是幸福的吧。

为什么我的眼里常含泪水？因为我对这土地爱得深沉。

——就以艾青的这句诗作为本文的结尾吧。

刚刚跨进医学院校的新生，对于医学大多是懵懂的，这也就有了下面这样的神提问：

大家好。我是护理的新生。请问一下学哥学姐，上解剖课的时候尸体是自己带还是学校给发？

这应该是这名新生在学校微信群或 QQ 群一类的平台上向学长们的咨询。乍看到，笑抽我。

回首我们当年，其懵懂也是一模一样的。我们班的专业是放射，新生报到第一天，就碰到一件有趣的事情：一位同学在家长的陪同下前来学校报到，报到时在向老师咨询的时候，方才知道放射的意思，他原本以为放射是军队里的类似炮兵的工作，是呀，光看字面含义，放射放射，放啊射啊的，倒真的也可以和军队搭界。

"放射是拍大照。"老师向他解释着。那个年代，放射中的透视常被说成照光，拍片常被说成是拍大照。家长总算弄懂了，只是随之而来就有些纠结和疑惑：不知道是该退学，还是就此入学？拍大照的话对身体有辐射，大家还是有所了解的。

他和儿子站在一旁，两人商量了好一会儿，最后还是决定按原计划报名。嗯，感谢这位同学当年不退学之恩，后来我们得以同窗以学，并且毕业至今，依然做着放射这个老行当。

既然学医了，那解剖学就是门必修课程。学校的解剖陈列室的规模还是比较大的，基础医学馆整栋楼的一楼一半都是。里面的大体解剖与局部解剖的标本很完善。

记得第一次去解剖陈列室，是解剖学Z老师带着全班同学去的。推开那扇漆着深绿颜色的木质门，映入眼帘的就是诸多整整齐齐排列的玻璃瓶，瓶子大小不一，高低不等，里面摆放的标本的尺寸而异。人体的每一个部位，都浸泡在玻璃瓶内的福尔马林液中。我们那时候虽然已经学了一段时间的解剖学理论，但面对真实的人体标本，还是有些震撼的。

最震撼的是在屋中央的空地上，站立着的脱水后的完整人体标本。都是开膛剖胸露出里面的内脏，两侧肺叶干瘪地挤缩在两侧胸腔里，由左右主支气管连着中央的气管，往上是咽喉腔，再往上是鼻咽和口咽，面部的五官完整而清晰，整个人体的肌肉有层次地暴露着，血管和神经被染成不同的颜色：动脉呈红色，静脉呈蓝色，神经是类似秋香绿的颜色。它们在人体的全身纵横交错，有序分布，我仿佛可以看到血液的流动，神经的刺激反应。整个标本呈古铜色，面对面地站立着，比我高大不少。这些不知名的人体，曾经一定是有名有姓的。该是怎样的风云际会的渊源，让我们得以此刻面对面地彼此站立凝望？生和死，玻璃之隔，也许他们的生命以这种形式在此得以永存永生，我在内心肃穆地向这些大体老师致意致敬。

而靠近窗户最边上的一排，是人体胚胎各时期的标本，那些胎儿皆成弓状，由面目模糊直至五官成形，他们都紧闭着眼睑，仿佛一个个沉睡之中的天使，正在静默中做着美梦，不愿意醒转过来。

后来很多次前来解剖陈列室，对照着书本，加深解剖的记忆。记得有一次期末考试前，为了一个部位的确切结构描述，我和另一位同学专门到解剖陈列室里来现场观看比对。那是薄暮时分，偌大一个陈列室，只有我们两个人，比平时更显寂静，我的内心却没有恐惧的感觉。找到需要的那个局部解剖的标本，仔细地观察清楚了，方才带上门，回到教室自修。

陈列室里的标本不论整体的，还是局部的，都是隔着玻璃，隔着福尔马林液体的。真正地接触尸体，是在另一处地方：那里挖有一个很大很深的池子，里面注满福尔马林液体，池子里摆放的，都是尸体。

这一次，同学们是每组十余人分批进去的，每人都戴着口罩，但还是挡不住福尔马林液体的刺激气味，熏得人眼睛泪水直流，鼻腔里的黏膜受刺激，也很不舒服。Z 老师指了两位高大的男学生，和他一起将池子里的其中一个尸体抬将上来，放在屋中央的手术台上。大家围着手术台，边流泪边看 Z 老师一层一层地讲解人体解剖。记得那一次记忆里的图像很有些模糊，因为挡不住泪水不时滚落，光顾着在那里抹眼泪了。

其实接触福尔马林液体的次数多了，泪腺就会适应，耐受，后面几次，明显就比第一次要少流不少眼泪。

现场的解剖课后，不少同学说食堂里以后不点糖醋排骨或酱鸡酱鸭了，其实也只是短时间内的不适应，往后还是该吃啥就吃啥的。

学校里对于解剖的课程还是花了不少投入与心血的。我们是放射班，对于解剖的课程更是重中之重，因为你只有知晓正常的，才能鉴别异常的，是不是？然后对于 206 块骨骼，那是得倒背如流。学校也很贴心地为学生们准备了一箱箱的骨骼标本。

于是就有了这样的场景：到上骨骼解剖课的时候，Z 老师就让各组组长下发骨骼标本，一般是两人一组一箱。那些箱子漆成暗红色，掀开盖子，头盖骨总是摆在最上面，然后是四肢各长骨，以及脊椎骨等。

骨骼标本没有一点气味，呈微微的淡褐色。也许是摸的人多了，每根骨头外表都是光滑润泽。在长骨干那里，可以看到滋养血管所致的浅浅的凹影。而各个体表骨性标志，在标本这里可以得到显著的直观的印象，教学效果比对着书本死记硬背要好得多。

当然，你别以为这些骨骼标本是石膏做的，这些标本可都是货真价实的人体骨骼。那时候 S 城里有一个大校场，专门枪毙死刑犯的，这么多的标本，也许有一部分或者大部分即来源于此吧。——当然这是我的猜测，没有求证过的。

也许是真的好学，其中一位同学还拿了一箱骨骼回宿舍，想在晚上再认真学习。后来被老师知晓，训了一顿，说在教室里可以看，但不能带回宿舍。

那本解剖书，到毕业的时候，几乎被翻烂。而每一位放射学毕业的学生，在如此高强度的学习之后，至少其解剖学的知识，都是无比扎实的。

记得我学医的时候，每年的中秋，学校的食堂都会自己做月饼，一般是豆沙馅的苏式月饼，做好了会给每位学生发放，一人一筒，拿到手的时候月饼都还是温热的。

当学校上空飘荡着月饼香味的时候，我们就知道，中秋节来了。

但是，母校已经回不去了。因为拆迁，我的母校早已夷为平地改建到别处，原址现在变成了商品楼，而那些解剖室里的标本，也一定搬迁到新的校舍里了。

没有解剖就没有医学。感谢那些标本，感谢那些大体老师。他们是一个个已逝之人，为一代代的医学生们提供了详尽的人体解剖学知识。——从这个意义而言，他们的生命得以永生。

女儿在一篇现场竞赛作文《匠心》里，描述了一位叫穆匠的老人，在一座晚明时期留存下来的废园里，几十年如一日修复园里的木雕。当最后一座小亭的木雕修复之后，木匠了无牵挂地离开了人世，留给一座让专家和世人惊叹的匠园。

女儿在文中说：

初见穆爷爷时我曾问过，修复这些木雕，究竟有什么意义。

穆爷爷的刻刀顿了顿，苍老的声音流淌过时光："在你们眼里，或许毫无意义吧？但是丫头，你要明白，这就是匠心，这就是责任。择一职，专一事，尽一生。"

这就是匠心。择一职，专一事，尽一生。

这是一句触动人心灵的话。回想起自己，从 1994 年毕业至今，一直在医院的放射岗位上工作，其间也有几个离开这个岗位的机会，但都不了了之。20多年后的今天，我依旧在这个岗位上坚持着努力着。

就内在的心路历程而言，和文中的木匠一样，骨子里，其实是我喜欢自己的职业吧，才能够对得以离开的机会犹豫并随之放弃。

少一些浮躁，多一些纯粹；少一些投机取巧，多一些脚踏实地；少一些急功近利，多一些专注持久；少一些粗制滥造，多一些优品精品；得有技术要义的精微，不追求极致不罢休的气派；有十年如一日，反复磨炼方成器的信仰。

这是工匠精神的内涵。作为一名放射科医生，如木匠一样，自己也可以称为医匠吧。从一名医学生，到一名实习生，然后分配到医院里一干二十余年，从最基础的医士做起，到医师，再到主治医师，然后再到副主任医师，及至目前的主任医师。在岁月的源远流长中，一切都在脚踏实地中默默奋力前行。

回首四顾，那个蹦蹦跳跳风华正茂的年轻人已经成了两鬓斑白的中老年人。当年进医院时的老同事们一个接着一个地退休，后生们也一个接着一个地逐渐成长为科室业务骨干。长江后浪推前浪，旧人新人前赴后继，医院就是一个铁打的营盘，而我们是那流水的兵。时间会改变一切，终于，我们都会成为前辈。

但是，我们可以青春不再，但未必就随波逐流。活到老，学到老，医学日新月异，作为一名医生，更需与时俱进，不断掌握新技术新理念。

前几天和同事忆苦思甜。想当年刚刚毕业时，是20世纪的90年代，那时候放射科里洗片还是手工洗片，曝光后的胶片需要在特定的药水里显影、定影、水洗、烘干，然后再阅片，工程烦琐费时。而且药水到一定时间后会老化，需要及时更新。而换药水也是一件体力活，需要把一个显影桶，一个定影桶搬上搬下，倒掉废液，更换成新的药水。那药水溅在白大衣上，就会形成一个一个污斑，用任何洗洁剂都难以洗净，所以当年我们的白大衣难得有一件是完全干净洁白的。

后来有了自动洗片机。虽然也需要更换药水，却省事许多，机器槽有出水口，废液直接排出即可，不用搬来搬去了。然后有了激光打印机，用鼠标直接在电脑上操作即可打印胶片，清晰度也提升很多。从传统 X 线成像，到 CR（计算机 X 线摄影），再到 DR（数字 X 线摄影），放射技术的更新可谓翻天覆地，而随着 CT（计算机体层成像）及 MRI（磁共振成像）的不断普及，如今医学影像无论是技术还是诊疗都走上了一个新台阶。

而掌握这些技术并使技术更好地为临床服务的，始终是医务人员本身。随着科技的发展，肺结节、肋骨骨折等人工智能分析阅片已逐渐普及，也许在不久的将来，人工智能会更大地提高医疗活动的效率。但尘归尘，土归土，再智能的机器也不可能完全替代人类。举目向前，即便在很遥远的未来的社会里，医院定将继续存在，医生也将继续存在。

而我，作为一名放射科医生，在余下的职业生涯里，将继续本着工匠的精神，在业务上精益求精，在学习上与时俱进，在人生之路上，写下努力与光明，写下平安与喜乐，写下慈悲与智慧。

如穆爷爷一般，我对自己说：用心做医匠，择一职，专一事，尽一生。

大年初一，一觉醒来，窗外亮堂堂的，阳光明媚。真好，过年了，天晴，无雨无雪，走亲访眷的路上就舒坦多了。

到食堂吃早餐。今天的早餐是年糕、糯米小丸子和红枣，搭配在一起，汤清清的，年糕白，小丸子圆，红枣红，热气腾腾，勾人食欲。而且今天的食堂师傅给前来就餐的是来一个烧一碗，不似以前的，整一大锅，来一个舀几勺，后来的就有些凉了。过年开小灶了，过年真好。我给食堂师傅抱拳拜年说新年好，他也抱拳说新年好。过年了，尽管要值班，但大家都开心呢。

吃完热乎乎、甜丝丝的早餐，回科室的路上，透过长廊的玻璃，看到窗外的腊梅脱尽了叶子，梅花开得正好。我记得昨天看蜡梅树，那叶子还层层叠叠的，花若隐若现的，好像开得并不多。看来梅花也想过年，在除夕夜抖落一身叶子，仿佛就抖落了一身的负担与拖累，现在，她们轻轻地、悄悄地，在新年朝阳的光芒里，欣喜地展颜怒放了。

突然就想到了那个在杭州孤山梅妻鹤子的林和靖。在家家团圆的日子里，千年前的他是不是也和今天的我一样，醉在一树一树的梅香里，并不觉得寂寞与孤清，而是新喜、安宁、感恩这自然的美的赐予呢？

"疏影横斜水清浅，暗香浮动月黄昏"，这诗写得多好。看来心有所托，是可以处处有欢喜的。

在梅下流连，捧着相机露在空气中的双手，不多久居然冻得僵僵的了。折身返回开着空调的科室里，泡了一杯龙井茶，香气氤氲，那瓷的杯捧在手里，暖暖的，我凑近了嗅那茶的味道，有山谷、有露水、有蓝天白云的味道呢。茶叶在杯子里徐徐舒展着，沉的沉，浮的浮，自自在在的，茶水逐渐变得新绿，轻呷一口，温润香美，神仙过的日子呀。

这时候，门外传来响动，原来是一位妈妈带着儿子拍片来了。小男孩还只有 4 岁，被大衣裹得严严实实的，在不停地咳嗽。他的漂亮的妈妈指着我对她儿子说："儿子乖，我们让阿姨拍个片子呀，你看阿姨多可怜，正月初一还上班呐。"

这可把我逗乐了，原来我可怜呀？！我乐呵呵地说："因为你们要来呀，所以我们就得在呀。"那妈妈就说："是呀，医院又不能关门，真是辛苦了！"

给小男孩拍了片子，是得了肺炎了。也是，正月初一一般不到医院看病的，一定是撑不住了才来，所以正月里的病人虽然少，但阳性率高。

我记得上回我过年值班的时候，第一个病人也是一个小男孩，几岁忘记了，不过应该也就是四五岁的样子，他倒不是感冒了，而是贪玩把手指夹到门缝里了。是一个外地的小男孩，他的爸爸妈妈一起陪着他来的。可能是做小吃店的生意的，两人身上都围着油腻的围裙，一定是看儿子受伤了，急了，没顾得上脱掉围裙就赶到医院里来了。

小男孩很乖，给他拍片的时候很配合。我就摸摸他的头夸奖他，还送给他一包饼干吃。小男孩剥开饼干的包装纸，一边吃一边随手把纸扔在了地上。我蹲下身子，捡起包装纸，把包装纸递回给小男孩，说："小朋友乖，把这纸扔到垃圾桶里去好不好，我们要讲卫生呢。"

小男孩愣了愣，随即听话地点点头，把包装纸扔到身边的垃圾桶里。我那时候萌生了一个小愿望呢，希望小男孩从此不乱扔杂物，养成一个好习惯。那小男孩拍片结果是没有骨折，他的父母听到我说没事长舒了一口气，一家三口就高高兴兴地出门走了。

那小男孩到今天应该长高不少了吧。很多人，他们与你相逢，也许仅仅是一面之缘，过后，那些面目或许再也回想不起来了，但是，那些依稀在岁月深处的记忆，却总会在适当的时候，如电光石火一般，刹那之间，再次在脑海里苏醒。

譬如拈花微笑，一期一会，人与人，人与物，遇见，就是一种缘分呢。大年初一，虽然值着班，但我心生愉快，过得安宁而美好。

怀念傅大知医生

　　昨天和几位友人闲聊，话题不知怎么就转到了位于老街的卫生院，然后就提起了傅大知医生。记得傅医师是 2009 年 4 月份去世的，掐指一算，傅医师离开我们竟然已经有这么多年了。看这时光，真是逝者如斯夫，不舍昼夜。

　　柯桥上了年纪的人都知道傅大知医生。这位名中医，劳碌一生，为病人、为子女，可以说尽心尽职一直到无意识为止。他半昏迷地在病床上躺了几年，于己丑年暮春时节，驾鹤西去。

　　对傅医师，这样的归宿，也许是一种解脱。在病床上无质量地存活着，我相信，对他而言，如果有放弃的权利，他，也许早就选择放弃了吧。但对他的妻、他的子女而言，他活着，即便是近于无意识地活着，也就是她的夫、他们的父亲还在这世上。他们还可以相伴，还可以探望，还可以叫一声老伴，喊一声爸爸。那根精神的支柱仍在，那份情感的依赖仍在。这份亲情让他们不能轻言放弃，一直到回天无术、无能为力的那一天。

傅医师的豆腐饭是在柯桥的新世纪大酒店举办的。那一天，我也参加了。记得傅医师的主治医师当时没有到场。她后来说是无法面对这个事实，怕控制不住自己的情绪，所以没有来。他一直叫她小冯的，在他几近混沌的世界里，小冯的声音，是能够激发起他的些微知觉的。小冯说："傅医师，您如果听到我说话了，您就动动您的手指头。"傅医师是会用他的那侧没有完全瘫痪的手指微微动一下的。——他还是有意识的，尽管微弱，尽管只是偶尔，但是，傅医师还是在这个尘世里生活着的。身边，有他一直不离不弃的贤妻相伴，他住了几年医院，他的妻，也就住了几年医院。有妻如此，傅医师，应当可以瞑目。

　　我一直以为，在这个世界上，倘若有良医，那么，傅医师就是名副其实、当之无愧的良医。他是治伤寒名门世家绍兴湖塘傅氏中医的传人。学问高，医术高，更主要的是他的医德也很高尚。医者父母心，说的就是像他这样的好医生的。他去世的时候，有人送来一副挽联，很好地诠释了他的一生：药草二味救治八方乡邻，妙手一双名扬十里湖塘。

　　在中医岗位上，傅医师可以说是战斗到了最后一刻。在他病危急送杭州邵逸夫医院的前一天上午，他还坚持着在上门诊的班，给患者看病直到11点多。那天中午吃过饭，一帮原来一直在一起杀几盘的同事棋友邀他下棋，他婉拒了，说身体不太舒服，早上去放射科拍片说得了右肺下叶节段性肺炎了，要趁午休的时间去打点滴。棋友们听了还催他那就快去快去吧。

　　他也就去打点滴了。不承想，感染已经控制不住了。当天晚上气急，呼吸困难，吸了氧也没有效果。第二天中午急送杭州，至此病情急转而下，诱发一侧大面积的脑梗死。进了ICU病房，邵医几次下发病危通知单。几经生死考验，最后还算幸运，性命是保住了，但一侧瘫痪已是不争的事实。傅医师患有糖尿病，后来的情况也就是糖尿病引发的各类并发症：持续低热，导致肺部感染，因有糖尿病，感染难以控制，诱发脑梗死，等等。从邵医出院，傅医师也就住进了当时绍兴四院的内分泌科病房，一直到辞世，他没有走出过医院的大门。

吾生也晚。认识傅医师，是我刚毕业分配的时候。那时候傅医师刚刚搬到柯桥滨河新村的新家，这是单位分配的一所商品房。我刚到医院工作，一个傍晚，也就随着科室的同事来到傅医师家里。那时候鉴湖路还叫纬二路，在纬二路与小马路，也就是今天的笛扬路交叉口，曾经矗立着一个铁架子，也许是发射塔什么的？我有些忘记了。但那时候的纬二路还是很有些泥泞的，那天刚下过雨，黄泥粘着脚后跟，一步一泥泞，我记得很清楚。我们到了傅医师的新家，受到了傅医师的热情招待。印象中，傅医师新家的装潢是古色古香的，在雅静的空气中，一切仿佛都在诉说着他们主人的中医世家的身份。

对病人，对同事，对亲友，傅医师都是一个温文尔雅好脾气的人。他在医院坐诊的时候，每天都有百多号病人，我从没见过他朝哪个病人急过，总是一副很耐心，很仔细，很亲切的样子。记得有一次我生病，那时候傅医师已经调到绍兴四院里了，我挂了个号到他那里去看病，他很详尽地给我诊治，末了，还不忘嘱咐一句："以后到我这里看病，不要挂号了，直接过来看就行了。"我当时听了心里感觉暖洋洋的。我知道，傅医师是一个很重脸的人，他看重亲情，看重友情，连我这样一个后生晚辈，他也是平等对待，照顾有加，一点也没有特物而骄端大架子。他的这一个细心周到的嘱咐，给予我一份温暖的感动，我会记住一辈子的。

假如傅医师到现在还健健康康地活着，他也不过才虚岁82岁，现在的社会，这一个年纪，真的不算很老迈的。可惜没有假如。天妒英才，傅医师已经走了这么多年了，已经离开了他的妻，离开了他的子女，离开了他的病人，离开了我们。

我祈愿傅医师在天堂，在天堂，我祈愿傅医师没有羁绊，他在尘世里还没来得及做的事，比如安安生生地休息几天，比如多花些时间保养自己的身体，我祈愿他都能够如愿以偿。在天堂，傅医师即便得病，他也有足够的时间为自己治疗，而不用像在尘世里，要用午休的时间急急忙忙地去打点滴。

记得有一次单位短途旅游，是到新昌大佛寺，我有幸和傅医师夫妇同游。那一天他们夫妇俩步伐矫健，互帮互助伉俪情深，傅医师当时还说，等以后退休了，带老伴周游列国去！

可惜，音犹在耳，斯人已逝，痛哉！惜哉！

当时明月在

记忆中有一轮明月，始终清光丽影照耀在心头。

那是 2003 年的中秋。当时我在杭州进修。接到崔博的邀请，我们一行 5 人下班后前往他在湖滨的住处，准备一聚。

崔博，江苏镇江人，军医，他年纪不大，也就四十出头。当时作为博士后在我所进修的医院里做课题。我是当年 5 月份开始进修的。那时他在那里已经待了一年多。也许人与人之间真的是有缘分。我们可以说是一见如故。上班很忙。当时正是"非典"横行时期。病人真的是多得没法多。一上班，就是不停地写报告，"噼里啪啦"，我的电脑打字速度就是在那时候锻炼出来的。但不管多忙，我们几个谈得来的人总是相约在一起吃饭。所谓吃饭，也就是在医院的食堂里吃，但可以趁这个机会大家说说话，聊聊天。崔博很逗，我们要走了，他总是说再等等他。他要签报告，尤其一些急诊特需的报告需要即时签的。所以常常是要走了，又来一个需要即时签的报告，又走不了。我总是耐心地等他。当然，在他不需签报告的时候，就是他等我们了。他虽然贵为博士后，但一点也没有架子的。这个人，心底坦荡，有大丈夫气度。私底下，我是叫他崔大侠的。他除了研究人脑的功能以外，还研究佛理。他曾经数次上五台山，在那里与主持方丈参禅。感悟生命，感悟天上人间的玄机。总之，这是一个智慧的人。

但老实说，他真的不像一个学者的样子。他当然有学者儒雅的一面，但他的气质上，更多的是一种侠气。这也是我叫他为崔大侠的原因。他竟视我为知音呢，其实知音倒是不敢当，有缘分倒是真的。后来我进修结束，他还和另一个我进修时的好友一起来看我。在绍兴柯桥古色古香的老街上，他什么也不要，只要了一个捉虾用的虾笼，就是丝网的那种。说是要到西湖里捉虾去。他后来真的把这个虾笼放到西湖里去了。但好像一只虾也没捉到。

等博士后课题结束，崔博回到镇江自己医院的时候，虽然身为大医院的科室主任，但你猜他在下班后干啥去了？——他踩三轮拉客去了！医院里的人见到他，有点尴尬，他倒是大大方方地问他们三轮车坐不？他不缺钱，他在太湖边还有一幢几百平方米的别墅呢，他就是要体验生活，体验各种各样人的生活。2005年底，他报名到赞比亚医疗援助去了。2007年春节前夕，他们这个医疗组还受到了当时到非洲访问的胡锦涛总书记的接见呢。当时他给我发来了照片，站在胡锦涛总书记身边的他，一脸幸福模样。

时间回到2003年的中秋。崔博要请我们到他的住处吃饭了。他的这个住处可不简单呢。是在浙大湖滨的博士楼，里面住的都是在浙大进行课题研究的博士后。他来杭州的时候，把老婆儿子都带来了，一家子住在这里，条件蛮不错的。

但好事多磨。我们傍晚5点下班的，时值中秋，杭城的交通简直可以用可怕来形容。我们原本想打的的，但一直打不到。于是边走边打，总算打到一辆，开了一截路就堵塞着不动了。于是决定下车坐公交，很挤，但也没办法。车子像老蜗牛似的，开到近湖滨时才快起来。但当时已经是晚上 8 点多了。从庆春东路到湖滨，我们竟然在路上花了 3 个多小时，要是走路，大概还要早一点走到呢。

崔博巴巴地等着我们。他和妻子一起做了一桌子的菜，已经都凉了。他儿子第二天要读书，已经先吃过饭，准备睡了。我们很过意不去，但崔博看到我们高兴极了。看得出来，他真的是很诚心地等着我们。待人以诚，是他的一个优点。也是他赢得我们尊重的一个原因。

那天他像一个孩子一样高兴，劝我们吃菜，和我们敬酒。我们一行 5 个人，不管男男女女那天都喝酒了。真的很开心。吃完饭，我们下楼，边散步边看月亮。天气晴朗，中空的月亮很亮很圆。附近有桂树，桂花的清香就若有若无地沁人心脾。我们一起天南海北地聊。我觉得恍如身在仙境，我们就是那无忧无虑、志同道合的仙子。而崔博，就是赋予这个环境以仙意的神。

我在今天写下这篇小文，是我真的很怀念那一天，怀念那一段进修的日子。每当月圆的时候，我就不由自主地想起当时的明月，清光丽影在我的心头。如今，当年相聚的几个人都已是做鸟散状，各奔东西。是的，我们原本就来自不同的地方。有那么一种缘，让我们在那一年得以萍水相逢，情同知己，已是上天的恩惠。

崔博曾经说过，他说他心中有一个梦，就是要做中国当今最深刻的思想家。很奇怪吧，他学医学到博士后，但他的理想居然是成为一个思想家。也许，有他博士后研究脑功能的功底，有他走四方的历练，有他参禅的觉悟，有他大丈夫的坦诚，有他侠士的坚持，一个中国伟大的思想家，或许真的会横空出世呢。

我期待着这一天的早日到来。

第三辑

慢下来的时光

窗外，挂着我的前生今世

在我老家的窗外，小小的院子旁是一堵墙。墙像一个年老色衰的妇人，在众人面前陈列着她落寞斑驳的心。那时我还小，做着作业，一抬头，映入眼帘的就是这堵墙。我不喜欢她破旧灰暗的样子，但我喜欢她头上低低摇摆的瓦楞草。草不多，十来株的样子。但不管是阴雨连绵的雨季，还是酷暑与寒冬，她们总是根叶饱满地站在那墙头，让我在抬头的时候，一眼就可以看见她们。我童年墙头的瓦楞草，也许她们的命运就是被我关注，被我在寂寞的时候低低地叹息一声。老屋后来拆除，墙和墙头的瓦楞草一起湮没在了岁月的尘埃里。

在我实习单位的窗外，有几株梨树。没看见她们结果，但不妨碍她们在春天把一簇一簇的梨花开在枝头，也不妨碍她们在落花时节把那一片一片白跌落到泥地里。我静静地看着，看着她们缓缓地落，像一个个舞者，做着最后的谢幕。实习只有一年，我后来再没到那窗口，窗外那几株梨树，不知是否依然在如期地花开花落？

在我工作单位的窗外，一长溜用水泥围起来的黄土里种着一株无花果树。这是一种多么脆弱的树，也是一种多么顽强的树。轻轻一掰她的枝条就断了，随手折根枝条往土里一插她就活了。早春，她光秃秃的枝头露出几簇嫩黄的芽苞，探头探脑，传递着春的气息。在接下来日趋温暖的日子里，她们会不经意间长成一片片新绿的树叶。这些树叶的成长是如此迅速，仿佛只是一瞬间，她们墨绿的叶子已层层叠叠遮盖得看不见枝条了。风吹过来，她们会"沙沙沙"地发出响声，会"扑扑扑"地敲打玻璃窗。在每一个值班的夜晚，我会倾听她们的低声细语。这些低声细语总是让我陷入沉思，想我的前生，梳理我的今世。由一些树叶所致的沉思，让我在红尘俗世中，娴静，平和，内心充满感恩。

是的，内心充满感恩。这些窗外的风景，触动的都是我内心最柔软的情感。她们的寂寞，或是凄凉，她们的孤傲，或是诗意，她们的短暂，或是弥久，其实都一样的，是一畦一畦的庄稼，在我的心田里播种、丰收，一年又一年，一年又一年，五谷丰登充实着我的人生。

　　是冬日的江南小村，雨一直下着，侵人骨髓的湿而冷。　到家，父母已经准备了很多菜肴，闻着酱鸭香味，看锅里的水蒸气在木柴的旺火中"扑扑扑"地云遮雾绕，那暖就从心底里浮起来，浮起来。

　　陪父亲说闲话的时候，看到父亲的乌毡帽旧了，帽边沿还有一些破损了，就想着给他换一顶新的。一时也不知道哪里有得买，就问母亲。母亲说邻村的永根那里有得卖的。父亲说明天自己会去买的，我说反正现在也没事，还是现在去买来换了吧。

　　母亲给我指点路，比画了一阵，我这个路盲还是弄不清楚。索性说，还是一起去吧。两人就撑了伞，一前一后在雨中往邻村走去。

　　这雨下得很是绵长，村子的屋舍仿佛都泅在了水中，看上去雾蒙蒙的。从水泥路面转自一处青石板路面，就到邻村了，也不过三五分钟的路程。到两间平房前，母亲说到了。现在的农村几乎家家都造了楼房，平房已属少见，何况这两间平房还是 20 世纪七八十年代的样式。房子低矮，那墙仿佛已经经不起岁月的折腾，微微地有些倾斜了，门是木头门，没上漆，或者是曾经有过漆的，只是现在已经斑驳尽了。门上贴着去年的春联，红色的纸风吹日晒已经变成了灰白色。

　　门紧闭着，但透过门缝可以看到屋里是有灯光亮着的。母亲把伞放在屋檐下，"笃、笃、笃"地敲门。门随即开了，我把伞搁在一处水泥洗衣板上，有些迟疑地跟着母亲进门。进了门，却发现我根本转不了身，我退出门去，等母亲往旁边走，我再进去，才看到了屋里的庐山真面目。

屋里很逼仄。屋有两间，左手边的一看就是卧室，眼前的一间呢，是厨房兼一个小卖部，仅有的一点空隙上又停了一辆三轮车，车上搁着一些日用杂货，看来平时是拉出去卖的，今天下雨，就放屋子里了。灶上冒着热气，是在烧饭了。屋里有一男一女，都老态龙钟在七八十岁之上。

一进门，直觉告诉我以前我来过这里的，却一时想不起来何时来过。母亲在那里说话了，永根，我们想买顶乌毡帽，不知现在有没有？那个叫永根的老头就指点着三轮车上的一顶乌毡帽，说，只有一顶了，现在乌毡帽卖得贵，不太有人买，我进货进得少呢。

母亲问价钱，老头说了一个数字，母亲想还价，我却已经从口袋里拿出钱来了。做小本生意难，不用还价的呀，何况还是乡邻。我把钱递给老头，老头把钱递给他老伴。他老伴站在柜台后面接过钱，准备给我找零。这时候，脑海里电光石火一般，我一下子想起来他俩是谁。问，你们以前是卖面条的吧？

老头说，是呀，我们以前是卖面条的。母亲在旁边接口说，他们已经很久没有卖面条了。

是的，应该是很久以前的事情了，那时候，我还是一介少年，来这里买面条，也是这样的情景：递给他钱，多多少少，他总会把钱再递给她掌管。是这个情景让我想起来他俩是谁了。

以前，他们的日子应该过得不错的。做面条，卖面条，衣食无忧，安稳处世。我小时候见到的她是多么美呀。现在回想起来，她仍是我在村子里见到过的最美的一个女子。肤色白皙，身段窈窕，五官精致，气定神闲，有着不同于农家女子的非凡气质。我小时候，每次提着篮子去买面条，就是到这两间平房里的，那时候的平房看起来好像很宽敞的。他做面条，卖面条，她只管收钱，也是坐在这柜台后面，慢悠悠地收钱、找零。在别的女子上山下地的时候，她只需坐在柜台后面做着内掌柜。

往昔的情景是多么清晰地突然浮现在了我的眼前啊。这中间隔了多少年了？至少有二三十年了。岁月很不堪，把一对多么清爽的男女刻画成了一对糟老头糟老太了。眼前的老太太已不复当年的神采，头发花白稀疏，皱纹满面，总之苍老，猥琐。对不起，我用了猥琐这一个词，但是，还可以有别的更好的形容词吗？

他和她的故事，其实我早就知道，只是在岁月的长河里，我不复忆起罢了。现在，他们突兀地呈现在了我的面前，让我惊异岁月的沧桑和易变。

在村子里，他俩其实一直是一个另类。在当年的十里洋场，她是一家酒店里的小姐。而他，当时在那里做生意。他俩是怎么走在一起的，并没人具体说得明白，他们也并没有在人前说起过。总之后来，她跟着他回到了村子里，安家，落户，从此良人一个。他们相处得很好的，一直恩恩爱爱，自食其力，与世无争。村人在背后说闲话的也有，但在他俩面前，却是亲密无间的，因为他俩一直以来与村人和和气气，从没有个红脸的时候。

只是他俩没有子嗣。据说是因为她的缘故，不能生育。不能生育就不能生育，他也不埋怨，也没领养别家的孩子，只一心一意一起过着日子。有着如花美眷，其实还是有很多村人羡慕他的。小时候我每次去买面条，就总爱多看她几眼，她长得那么赏心悦目，让人看了还想看，让人看了，心底里就会升起一种柔柔的情绪来。美是可以让人温柔感动的。

但是，看这后来的日子过得呀，二三十年过去，他俩怎么变得如此老丑困顿了？我呆呆地，付完钱，母亲拿了帽子，有点调皮地戴在头上。和永根夫妇告别，母亲乐呵呵地和路人打着招呼，我只管撑伞默然前行，为着一对鸳鸯般的男女的最后的逼仄的生活境遇，内心很有些难受。

雨依旧下着。想起了《岁月神偷》里的一句话："在变幻的生命里，岁月，原是最大的小偷。"真的，纵使你有如花美眷，也难敌这似水流年，把曾经的年轻与美与光华，都摧残干净。

只是，我转而又想，只要他俩老而仍相守，纵使容颜老去，又有何妨？也许在彼此的内心，他，依旧是世上最英俊多情的男子，而她，依旧是人间最美丽娇柔的女子。执子之手，携手前行的日子，风风雨雨，有爱在，有家在，都该会有恒久的执念与温暖吧。

有一种爱，就叫相依为命。

临：食：脱逃

上完夜班，饥肠辘辘，看见街上有一家沙县小吃店，就走了进去。

店里一个顾客也没有了，也是，将近九点了，早饭大都吃过了，午饭呢还早。店里的厨房内有两个人，一男一女，大概老板、厨师、伙计的身份是集于一身的。男的在洗碗，女的出来招呼我。我点了一碗炒面。女的应了，转身回了厨房。

我无所事事，也就站在厨房门口看着女的干活。女的从面条堆里扯出一些放在盘子里，我没看见她洗手，但我刚进来时看她正在用抹布擦厨房的桌面。我心里默念一声："不干不净，吃了没病。"拿了面条，女的就拿起一只瓷茶杯，掀开一看，应该是没有油了。就搁了杯盖，用手移开煤气灶底下的垃圾桶，搬出一只大塑料桶来。桶身是白色的，但可能是放在垃圾桶旁的缘故，上面污迹点点，细看里面，大概还有五分之一的油。女的提起油桶，往瓷茶杯里倾倒那清亮的色拉油。我不知怎的，脑海里就想起了传说中的"泔水油"。我的胃此时有些痉挛。心里再默念一声："不干不净，吃了没病。"依旧看那女的动作。倒好了油，应该就要开始炒我的面条了。煤气灶上的锅里还沾着几片菜叶，看来是前面一个用过还没有洗的。我看女的又拿来一碟子椒盐样的东西，顺手就要拧开煤气灶。难道这锅是不洗的？这时候我没法再念"不干不净，吃了没病"了，急着说："哎，麻烦你帮我洗洗锅吧！"

"这个锅不用洗的。我一个早上都用这个锅烧东西。很干净的！"女的这样回答。我脑子里问了自己一个问题："这样烧好的面条你会吃吗？"我很快速地回答了自己："不会。"唉，与其待会儿浪费，还不如及时阻止吧。

"你别烧了，我不吃了不知行不行？"女的倒是很和气："不吃没关系的。"我有些过意不去："要不还是补贴你一点钱吧？"女的直摆手："不用，不用，不吃真的没关系的。"刚才在洗碗的那男的转过脸来朝我抿嘴一笑，也说："不吃没有关系的！"

我半是尴尬半是庆幸地走出店门。很有些临阵脱逃的感觉了。呵呵，是临"食"脱逃了！这样的经历倒是第一次的。我并不小资，对食物的要求也不高，从不挑食，是很好养活的一个人。今天看来还是卫生问题触碰着我的神经了。

这里有点感想，店家啊，不管你开什么样的饮食店，千万不要让顾客看到你的厨房。如果这家沙县小吃的厨房是封闭式的，或是用什么东西隔了开来，反正是让我看不到里面的场景，那么，等到那盘炒面端上来的时候，我看不到过程，只看到色香味俱全的结果，我也会大快朵颐的。

人活世上，怎样才算干净，其实真的很难说。

鸳鸯火锅

　　眼前是鸳鸯火锅，红的是辣味，清的是淡汤，汤已微滚，正冒氤氲热气。漂亮的服务小姐端着盘子，手脚利索，碟碟美味鱼贯上桌。

　　四个人有缘在此把茶共欢，中间的纽带是我。咪是我的同学，蓝是我曾经的同事，琴是我的师姐，这三个人都是我的至交。大家在我的口中是早已彼此有所了解，但琴与另外两个人是第一次握手，咪与蓝，看看像是老相识了，琴就问她俩：你们早就认识的啊？呵呵，其实她俩也是第二回见面。但蓝是见人熟，与咪是臭味相投，第二回见面，就亲热得像好了几辈子。

　　呼朋唤友而来，名义上是为了蓝。蓝是我传说中的人物，特立独行。趁着我在杭州，趁着蓝也刚好在杭州，大家就想见见面。但我与琴好久不见，很多时候就在那里顾自与琴说话。琴是贤妻良母，在家侍候一家子吃过饭才来，坐在火锅前，也就应景似的吃了一点点，更多的时候，就在那里为我夹菜，把煮熟了的菜放到我的碟子里，说是凉一点可以吃，免得我烫。我享受着她的关爱，把东西吃得有滋有味。琴不会吃辣，蓝和咪呢，是怕不辣。我居中间，会吃辣的，也会吃不辣的。

　　这个辣字，让我想起了咪的油炒辣椒。那还是读中专的时候，咪每次回家，总会从老家带一大瓶油炒辣椒，吃饭的时候分给我们，我吃辣的历史从源头上讲，应该是从这里开始的。

记忆中的油炒辣椒味道很香，很下饭。这个辣字，也让我想起了跟着蓝吃火锅的历史。柯桥饮食原本就是个大杂烩，川辣呢，在中国轻纺城刚开始发展的时候，就在此驻扎了。在一般市民还不时兴吃火锅的时候，我和蓝就经常出没于火锅店。那时候我们也有四个人，生死之交一般。四人之中，我年龄最小，也就占尽年龄小的便宜，大家很照顾我的，我呢，也就常跟着这些姐姐们吃香的喝辣的。我吃辣的道行取得突飞猛进的阶段，就是在那段时间。后来，我和蓝出去的时候，碰到一些并不是很了解我们的人，问我们，吃辣吗？我们总是相视一笑，然后说，随便的。我们是真的随便的，不管怎样程度的辣上来，我们都吃得下。或者是同桌的人嫌菜辣，吐着舌头说辣死了、辣死了！我和蓝总是不声不响埋头苦吃，天哪，这点点辣还不够我们提神呢！

这几个吃辣的、不吃辣的人，就在那里吃着鸳鸯火锅、吃得热火朝天。这个火锅，吃的就是那份热闹，那份好心情呢。

埋单之后，服务员又送上赠票50元，月底前消费有效。怎么办呢？我们这一聚，至少在月底前没有下次。我说，把赠票送给看着最顺眼的人吧。环顾四周，其中有两男两女正在温情地吃着，男之彬彬，女之有礼。好了，就把赠票送给他们吧！受赠的女孩有点反应不过来，待反应过来了，就忙着说谢谢、谢谢！我们就在谢谢声中走出了火锅店！

爽啊，被别人感谢总是开心舒心的！

去湘西，去凤凰，拜谒沈从文

从人间四月天的江南抵达湘西凤凰，是午后时分。阳光明媚如夏，在凤凰新城的酒店放下行李，从杭州至长沙，至常德，再至凤凰，所有的奔波劳累，仿佛也一同放下了。此次湘之旅，所有的行程中，凤凰无疑在我的心目中占了很大的比重，甚而可以说，此次湘之旅，我只为凤凰而来。

而凤凰，无疑是和沈从文密不可分的，世人知晓凤凰，了解凤凰，应该是从沈从文开始的。沈从文在《凤凰》里谓湘西"山高水急，地苦雾多"。我看到的湘西，山倒是很高，但溪水并不急。而那些在水急浪高的溪滩中水手们撑篙行进的小划子，更是再也看不到了！时代在进步，所得很多，所失也很多。

记得还在常德至凤凰的巴士上时，我就问导游，沈从文墓我们去不去？导游说行程中没有安排，沈从文墓不对外开放的。不过我们会去沈从文故居。我的心一沉，到了凤凰，不去拜谒沈从文先生墓，总是一大憾事。听导游说今天的行程是很宽松的，游览完凤凰古城，大家就可以自由活动了。这时候我已经在心里定了主意：集体行动一完，我就去拜谒沈先生之墓，才不枉来凤凰一回。

从凤凰新城步行至凤凰古城，约需二十分钟。从外观上讲，凤凰古城其实与云南丽江类似，一样的青石板路，一样的曲径通幽，一样的，在街两旁，是酒吧与旅舍与商场。

时候是四月的午后，天气可以用燠热来形容。我还在沈从文故居流连时，大部队已经匆匆赶往民国第一任总理熊希龄的故居了。导游在门口催促，我在故居的购物室前急急地捡了本《沈从文精选集》，——先生的文集家里已经有了的，但我想，这一本，总是在先生的故居里买的，上面还有数枚纪念邮戳，也算我到此一游的纪念了。我就抱了这本精选集，同样匆匆地行走在凤凰狭长而古旧的街巷上，杨家祠堂、东门城楼、虹桥艺术馆，导游赶鸭子似的把我们从这里赶到那里。——这真是无可奈何的事情，跟团旅游就是如此。

但游凤凰真的不能走马观花，你若想彻底品味凤凰的味道，就需要耐了性子留那么个十天半月，再不济，三两天也行。要住就住沱江边的吊脚楼，要吃，很多吊脚楼除了旅馆也是酒吧。你就坐在吊脚楼靠窗的位子上，倚了古旧的窗槛，呷一口小酒，吮一口沱江里的田螺，把很多沉重放下，把很多累放下，看看沱江的流水，看看行色匆匆的旅人，这时候，你就不是一个游客，你只是一个心如止水的归人，要在小城里休整身心。你会舍不得离开的。窗外的日头从东到西，最后不知落到哪里去了。这时候，一个叫作夜的精灵来临了。凤凰的灯，那些吊脚楼的灯，那些河街里的灯，就全亮起来了。望着那些灯光你的眼睛会感觉温润的。这是一个与白天的凤凰不一样的凤凰，白天的凤凰是让人感怀的，夜里的凤凰呢，应该是让人做梦的。在虹桥之上，可以观全景的凤凰城，一条沱江，两条河街，数不清的吊脚楼，数不清的灯火，那些川流不息的，就是游客了。——人啊，真应该在凤凰停下来，做一个绵长清凉的梦。

但可惜，我与凤凰只有一个下午与一个晚上的缘分。我匆匆的脚步是在沱江边上才闲缓下来的。当我坐在了沱江的游船上，在船头不急不躁地用桨划动船身时，我感到自己灵动起来了。微风袭面，刚才的燠热在这里变成了清凉。沱江的水很清浅，水底流动的是长长的纤细的水草，温柔地蜷缩了身子，仿佛家教深严的女子，在躬身致礼。

泛舟沱江之上，可以说步步成景。两岸青山相对而出，土家吊脚楼半在江中半在岸上，风情万种。你静下心来，侧耳倾听，仿佛就能听到柏子与妇人粗犷与直白的对答声在江面回荡。岸边有堤，堤上蹲着正在捶衣的妇人，"啪、啪、啪"，一声声板杵触及衣物的击打声，又沉闷，又清脆，沱江流走了千年，这捶衣声也回响了千年吧？堤上还有若干正在写生的美院学生，或坐或立，把那眼前美景入画。

船过虹桥桥洞，万寿宫左侧的万名塔迎面而来，塔身呈铅灰色，依江而立，秀秀气气的，但若沱江涨起了水，它怕是要淹没的吧？我把我的疑惑说给船头脑听。船头脑却说，沱江不涨大水的，因为它的上游建了水库，沱江水的流量是由水库控制着的。

我的眼前却迷离起来，仿佛看到了《边城》里的翠翠，老船夫去世的那天夜里，边城的白塔却是在大水中倒塌了的。半年之后，白塔重建起来，翠翠暗恋的傩送却还没有远行归来，但"也许明天回来"！我在网上看到过一篇文章，作者到了凤凰，逢人就问是不是真有翠翠其人？翠翠后来的结局如何？当地人答曰，翠翠后来被土匪抢去做了压寨夫人，因为她太美了！——沈从文在小说中杜撰的翠翠，也许真有其人的吧？一切热爱沈从文文字的人，愿意相信真有翠翠其人。一方水土养一方人，也只有湘西的土地，才能孕育出翠翠这样的巧人儿来。我倒愿意凤凰就是沈从文笔下的"边城",但事实是凤凰并不是沈从文笔下的"边城"。边城位于湖南省花垣县茶峒镇,那里地处湖南、重庆、贵州交界处,是名副其实的边城。据说从 2008 年起,茶峒镇已经更名为边城镇了。晚上我再来凤凰古城的时候,有一个游客就在询问当地人:"边城在哪里?怎么走?"这世上,总是经常有寻根问底的事情发生的。那一个游客纠结于边城,如同我的纠结于沈从文墓,是一样的。

船到码头,导游还有一个项目是到凤凰的一家银器店。据说是凤凰最正宗的银器店,一干人入得银器店,仿佛鱼儿见着了水,买卖两欢。我却是如同热锅上的蚂蚁,想即刻去拜谒沈从文墓,天气已是向晚的 4 点多钟,我怕天黑了我就找不着沈先生的墓了。导游在那里安慰我,说已经向别的导游询问过了,沈从文墓就在沱江的下游,走走半小时左右就到了。等这里完了,她会陪我同去的。

导游姓王,20 多岁的一个土家族姑娘,黑脸而俏,有几分沈从文笔下三三的味道,那时候我真想高呼王导万岁!我心安妥了。又询问同团的人,竟然无一个响应同去沈从文墓!这真是匪夷所思的事情。但人各有所好,我倒并不强求有人与我同去。拜谒这件事情是需要虔诚的,沈先生的墓地,定也是需要静的,在世之时,先生已承受过多的纷扰,如果先生的墓地,成为熙熙游人的参观之地,定不是先生的愿望吧。凤凰县没有把先生的墓地纳入常规的团队游览之地,实在是大好事一桩,是对先生人格的尊重呢。

这时候,我不是一个游客,我只是一个仰慕先生之文的虔诚的扫墓人。时候是 4 月的中旬,清明过后不久,也算是扫墓的当季。入湘之后,一路上,村前屋后的山脚边,可以看见三三两两的坟墓,上面大都飘着五颜六色泛着亮光的彩纸。那里的坟墓有点奇特的,很多坟墓上除了彩纸，还种了细细的竹子，一丛一丛的，长在坟墓顶上，像冠帽一样覆盖下来，遮住了坟墓。从位于湖南东部的长沙，转道位于东北部的常德，再抵湘西凤凰，路途漫长，一路上，我就是看着这些坟墓过来的。只是不知沈从文的墓地会不会也是这等模样？

所有团队参观项目既已完成，导游也就撇下了众人，如约陪着我前往沈从文墓。走在青石板铺就的河街上，我把自己的心一点一点地收拢起来。"美丽总是愁人的"，现在的我也有一点点发愁，我拿什么去扫墓呢？两手空空，总不成事。取了香烛去，好像也并不很妥帖。路过虹桥桥墩的时候，看到一个卖花环的妇人，正把十来个花环聚拢了放在竹篮里叫卖。花环是用野花和嫩树枝结扎而成，五颜六色的，倒是很有情趣。我的眼前一亮，何不取个这样的花环前去敬献？

我的手里是捧着这样的花环了，我的花环是用嫩柳枝编成，里面点缀了黄色的菜花，几朵绛红的康乃馨，还有一些不知名的白而蓝而小的野花。我捧着花环和导游步履匆匆沿街赶往沱江下游。路上，导游问我，你为什么一定要去沈从文墓呢？我都没去过沈从文墓呢！导游如此问我，我倒是一怔。略微思索了一下，我半是回答导游也半是回答自己似地说，沈从文为人的淡泊让我欣赏，他文章中所表现的优美、健康、自然，而又不悖乎人生的人性形式，让我叹服。

河街并不宽大，街两旁摆满了工艺品，还有蜡染布，苗家银饰，熏肉等，至于姜糖的作坊，更是五步之内无出其右。古城的上空，也就始终飘荡着那香喷喷的姜炙气味。我和导游急行军似的往下游走，导游很会快走，我也很会快走的，两个人倒是棋逢对手，步履一致。二十多分钟后，街道上的行人渐渐地少了去，我猜测，应该就快到我们的目的地了。导游停下来询问街旁的当地人，果不其然，被问的人说墓地就快到了，往前再几分钟，右手边的半山腰上即是。

近乡情更怯般的，我似乎要把我的呼吸屏住了去。真的就到了沈从文的墓地了！导游的手朝右边的一座小山指着，说，瞧，墓就在那里，你去吧！她自己却在山脚的一个石凳上坐了下来，怕是一路走来累着了，想歇着了。

那么，这座山就是传说中的听涛山了！山脚的左手边，立着一块黑色的碑石，介绍着沈从文墓的一些情况。往右行，有两条路，或左或右，两条路都可通往先生的墓地。我是往左边的那条路走的，因为我看到左边的路旁，立着一块长形的碑，上面疾笔劲书的，正是先生的名言：一个士兵要不战死沙场便是回到故乡！立碑者是自号湘西老刁民的大画家黄永玉和他的夫人张梅溪。黄永玉是沈从文的表侄，有一代鬼才之称。碑上的书法当是他的杰作。此碑丙子夏日时立，是 1996 年时的事情，碑文已成墓地一景。经过此碑，折往右行，没多少路也就到了一狭长的平地。据说从山脚至先生的墓地，那石阶应该是有 86 级的，象征了先生 86 年的曲折人生之路。我倒没有计数，只是一步一步小心地走上去。

到了应该是墓地的墓前，我却并没有寻着先生的墓。眼前只有一块硕大的扁平的顽石，朝北的一面印刻着沈从文手书的"照我思索，能理解'我'；照我思索，可认识'人'"。朝南的一面，正中间是先生妻妹张充和女士撰写、中央美院著名雕塑家刘焕章教授镌刻的"不折不从，亦慈亦让；星斗其文，赤子其人"。那是暗合"从文让人"之意，区区四字，恰是先生一生为人行事的简洁写照。其左下方印刻着"公元 1992.4.4. 清明"，那当是先生 1988 年 5 月 10 日于北京逝世后迁葬于故乡凤凰的日子。其右下方则印刻着"2007 年 5 月 20 日夫人张兆和骨灰合葬于此"。2003年2月6日，张兆和于北京辞世，此时两夫妻已经分离了15年。"我行走过许多地方的桥，看过许多次数的云，喝过许多种类的酒，却只爱过一个正当最好年龄的人"。沈从文年轻时对张兆和的深情告白，痴情浪漫尽在其中。当年可是有一段公案的：沈从文老师对张兆和学生情书轰炸，张兆和不堪其扰，遂告知校长胡适。谁知校长回说，我知道沈从文很顽固地爱你！张兆和脱口而出，我很顽固地不爱他！——沈从文最终抱得美人归，与心中的爱人喜结连理，胡适的劝说功劳应是不能抹杀的！

可是我真的没找着沈先生的墓！眼前的顽石应该只是墓碑，那么，埋着骨灰的墓呢？一般的，墓碑后面总有一座圆形的拱着的墓，可先生的墓碑后面，只是一圈圈的鹅卵石铺就的路。正当我在碑石周围疑惑时，旁边的石缝间，突然闪出个老人来。老人瘦而弱，矮小如我。他走到我身边，用很浓重的方言跟我说着话，我只依稀听懂了几句。他说，他在此守墓已经将近20年了！他说，我脚下边的正是墓地，先生和他夫人的骨灰就埋在碑石下方。——这真的是大不敬的事情，我慌慌地跳将开。碑墓同源，连个拱起成圆形的墓都不留，先生真是淡泊到家了。我折回到碑石的北面，坐南朝北，面向沱江，听取涛声，这应该就是墓的正面吧？我把跟我随行了一路的花环恭恭敬敬地摆在碑石的脚下，再恭恭敬敬地三鞠躬。碑石周围早已摆放着其他的花环、花束，这应当也是如我一样的扫墓人留下的吧？碑石的上方，还飘动着一束五颜六色的彩纸，这也许是沈先生的家人在清明时节留下的祭奠物吧！

过后细看墓碑介绍，方知沈先生的墓碑为一天然五彩石，高1.9米，宽1.5米，厚90公分，重6吨。你所看到的顽石即先生夫妇的墓地！此时我心中升腾而起的，是敬仰，是苍凉，还是别的什么，无以言说。也许先生是真的明白此生此世的人，从他弃文转而研究冰冷的文物，著成《中国古代服饰研究》，那时候，他就知道，为文之事，尽在性情，已不为当世所容，他说："我应当休息了。神经已发展到一个我能适应的最高点上。我不毁也会疯去。"那么，索性放下吧！在文学上，他真的就此不著一字！我想，从文学家转型而成文物专家，先生的心里，一定是决绝与寥落的。所幸，俱往矣！

张兆和是明白的。她安慰沈从文说，作为作家，只要有一本传世之作，就不枉此生了！他有《边城》，他有《柏子》，他有《湘行散记》，等等，时至今日，还有谁会怀疑沈从文作为一代文豪的存在？故乡湘西凤凰，也靠了他的文名聚拢了五湖四海的宾客。离了沈从文，凤凰只是凤凰，而有了沈从文，凤凰就不单单只是凤凰了！

这是一座朴素的墓地，这也是一座宏伟的墓地。那些繁文缛节、松柏行道的墓地到了此地是要自惭形秽的。沈从文的墓地，真的就该是这样简洁到无形的方才是好，方才是妙。让你到了墓地而找不着世俗的墓，还有什么样的墓地能让人如此艳羡？此刻，我愿我是墓前的一枚鹅卵石，镶嵌在听涛山的泥地里！

守墓的老人守在我的身边，用他浓重的方言和我说着话，可惜我真的没有几句听得明白。此时有一位游人也来到墓前，和我初来时一样茫然，我用我的所知对他做着解释。我还请他为我和老人在墓旁合了影。我虽然听不太明白老人的言语，但我想，对先生的虔敬，我们是一样的。

导游就坐在山脚，任我在墓旁流连，并没有来催促我。若不是导游与团队成员们约定了傍晚6点集合，那我倒真的愿意在凤凰的这个晚上就待在沈从文的墓旁，静静地坐在泥地上，听取沱江的低语，让我的生命在此做一个悠长的栖息。但导游很是敬业，我不能不识趣，在可以按时抵达约定地点的时间前，我告别了先生的墓地，告别了守墓的老人，折回到山脚，我对导游说——

心愿已了，湘西之行，再无憾事，我们走吧！

此日为农历辛卯年三月十六，公历 2011 年 4 月 18 日。不多时，凤凰纯粹的圆月就将挂在沱江的上空了。

炜是我的同学。比我年长一岁，但比我早熟许多。在我还是早出晚归学海无涯苦作舟的时候，他已经学会追女孩子了。他看上的女孩倒也人淡如菊、貌美如花，可惜人家没怎么搭理他。他勤勤恳恳追了一段时间，也自觉无趣，终于罢手。

毕业之后，各人鸟散。我继续读书，炜参加工作。我们两人间或有些联系，他始终尊称我为"老班长"。喜欢向我这个"老班长"说他身边的一些人和事。他的一个阿姨在政府部门供职，有点儿头衔，在他有意无意的话语中，也就不时有这个阿姨的影子在消消长长。我窃笑他，你的阿姨是你的菩萨啊，指点你的人生，把握你的未来。

"我是相信我的阿姨的啊。从小我就跟我阿姨最亲！"他回答说。

过了几年，大概在我也毕业工作的时候，他的阿姨给他介绍了一个叫绮的女朋友，两人就相处起来。也许是他正值青春的寂寞，也许是他过分信任他的阿姨，反正他跟绮两人随即就好得如胶似漆了。年轻人所能做的所有事情他们都做了，所能犯的所有错误他们也都犯了。这样的大概有两年。有一天，炜突然来我工作的地方找我，说想跟绮分手。

我问他分手的原因。他说两人合不来。我说合不来你们怎么相处了这么久，还同她形同夫妻？现在若分手，你让她一个姑娘家怎么办？

我劈头盖脸地对他一番训导。他当时也听进去了。他虽然油滑，但我的话他还算是听的。我当时的训导自以为是义正词严的，但多年后的今天，在我坐在电脑前敲击这些文字的此时此刻，我的情绪是落寞的，我的心情是后悔的。义正词严并不代表着正确，也并不代表着一定做了件好事。对绮而言，也许那时的悬崖勒马反而是一种及时的解脱，而不会陷在一种混沌的生活中到现在也难以自拔。

不久两人也就结婚了。我记得他们的大喜之日，上午还是风平浪静的好天气，下午在他去迎亲的时候，天气突然就变了，刮起了很大的风，倒不下雨。但在冬季，一下子刮起了这么大的风，总是让人有些寒意，有些扫兴。晚上，在他新房前的道地里，在头顶雨篷似乎随时欲倒的呼啸声中，我们一帮同学有些战战兢兢地吃完了饭，没有兴致再闹洞房，一个一个还是早点安全回家了事。

一年后，两人有了一个可爱的女儿。在我生孩子的时候，他们一家三口还来看望过我。当时他女儿三岁，正是活泼好动的年纪。放眼瞧去，很美满的一家子。绮黑瘦了许多，但心情愉快地对我说，家里新造好了二间三层楼房，还是毛坯房，就等喘口气，等装修好了就可以搬新家了！到时来喝进屋酒啊！

我高兴地答应了。但言犹在耳，没几个月，有一天傍晚绮给我打电话来。我当时一听是绮的声音就有些吃惊，因为我们虽然因炜而认识，但她给我电话，这还是第一次，难道发生了什么非同寻常的事？

我的担心得到了证实。当时绮的生活可以说是一团糟了，她是走投无路了才来找我这个她熟悉的陌生人的。绮的日子是在一件突发事件中陡然混乱的。

都说夫妻一方有外遇，在全世界都知道的时候，往往身边的那一个还是云里雾里不明就里。此言真乃洞悉世事也。绮原本也不知道炜有了外遇。但乔的丈夫因了炜与乔的事喝农药自杀急救进了医院——事情闹得满城风雨，绮就没法不知道炜与乔的事情了。也就知道了。绮再气再急当时也没法子。那阵子炜整天整夜待在医院里照顾乔的丈夫，很怕他就此死了，照顾得很是精心。但再是照顾两人的情敌关系的事实是改变不了的。所以在乔的丈夫苏醒过来后，炜就被赶出了医院。

容不得绮有时间吃醋。炜与乔，索性打开窗子说亮话，都要离婚，然后再结合在一起。绮不同意，乔的丈夫也不同意。两人居然抛家弃子离家出走双宿双飞了。

绮当时打电话来，就是求我劝劝炜，说我的话也许有用。我了解了事情的经过，打炜的手机，倒还是通的。电话里说了一通，当时炜还到我家里来了，连我婆婆也亲自出马苦口婆心地劝说他。但都没用，看来这回他是铁了心了。我们问他他俩住在哪里，他也不肯说。后来就走了。

这样的过了很有些日子。也许近两年吧？绮与炜终于离了婚。女儿、所有的房产都归绮，两人十来万的债务都归炜。就此两清。可怜的是他们的女儿，可怜的是他的母亲。他的母亲一直到现在都对村子里的人说，绮与炜，最终还是要复婚的。她不让人给绮介绍别的人，其行霸道，其情可怜。绮在这份纷扰中，倒也无意于再重组家庭，也许是哀莫大于心死的缘故？

炜的女儿今年已经十一岁了。父母离婚已有六年。她小小年纪所承受的指指点点，让我一想起来，就痛心，就痛恨炜的无情。

从法律上讲，炜现在是不受婚姻的羁绊了。他这一方是自由身了。

但在乔这一方，却并不如意。离婚的路磕磕碰碰一直走到今天，也还是离不了。两人一直东躲西藏地过着野鸳鸯的生活。几个月前，法院要判了，乔却临阵退缩了，没有到场。炜气急，找我诉说。我只是听，没说话——让我说什么好呢？

要说乔，也是苦命人，她是外省一个穷人家的孩子。十六岁时嫁到S城来，当时她的丈夫已经三十多岁了，穷，没有文化，所以成家这么晚。后来她生了一个儿子，如今已经职高毕业工作了。这样的一对老夫少妻，原本没有爱情可言。后来在她工作的厂里，碰到炜这么一个年轻还算英俊的小伙子，追她，她也就没法抵挡了。爱情之火熊熊燃烧，也不管这迟到的火花会灼痛多少人的身心，是不管不顾了。

但这份爱终是负疚的，终是沉重的。而且，她的丈夫一直都没有放弃她，托人带口信向她许诺：不管她何时回家，他随时都欢迎。他近六十岁了，只想守着老婆过日子。婚他是坚决不离的。

前段时间，两人的住处被乔的丈夫的亲属发现了，两人被堵在屋里。还打了110。110打电话给炜的村子里的干部，他们开车来把他接走了。乔也被她丈夫的亲属接走了。乔回了家，炜并没有回家，住在了他的弟弟那里。没几天，被他弟媳赶出来了，说不能再这样住，要住住到原来的家里去。炜恨恨地，扭头到他原来的家里，对绮说：你是没本事，到现在还是孤身一人，有本事你嫁人啊。

绮是白白地又受了气。炜却不管，一鼓作气，寻到乔的家里，也不顾乔的丈夫的打骂，就抱着乔，哭着不放手。——两人就这样又逃走了。

现在，他俩在哪里，我一无所知。炜这个人，你说他无情也好，你说他痴情也罢，都是生活的一种复杂，都是人性的两面。只是不知道这个故事何时才算是结尾？只是不知道这份孽情还要走多远才能是终点？——是分是合，都注定了是一份痛心。

时候是暮春的深夜。此时此刻，我一边敲着键盘，一边感叹着炜、绮、乔三个人的境遇，内心只是低低地哀叹。其实生活是需要经营的，我但愿每个人都能够拥有一份平凡的、普通的、实在的、安分守己的幸福，而不要心猿意马、得陇望蜀。

珍惜所拥有的，在属于自己的一份生活中沉浸下去，幸福是会如约而至的。

从此萧郎是路人

夜深了，如此安静的夜晚，我想写下一些文字来。文字可以抚慰我的心灵。与文字在一起，不管这些文字是暖的，是冷的，是厚的，是薄的，是你所想看望的，抑或你所不屑的，但在我，都将敝帚自珍。想着，将来即便我不在了，仍然还是会有人来到这个文字的空间里，忆起我来，忆起一个名叫徐徐言之的人，她对于文字的欢喜，对于她所经历的人事的点滴细微的感慨和忆念，然后低叹一声。

依也在我的面前低叹一声。哀哀怨怨的，有一些愁苦在，有一些无奈在，也有一些坚定在。这一声低叹，过去了若干年，仍然在我的眼前低低回旋不肯消散。

与依见面是很多年前一个初秋的下午。湖西路上的巴顿咖啡馆那时候还开张着。咖啡馆的东面紧邻瓜渚湖，落地而白净的窗，透过几株成行的香樟树，可以望见波光涟涟的湖面。秋天的阳光是很明朗的，打在玻璃窗上，不热，倒稍稍地有点凉意。我们在靠窗的桌子旁落座。

我的身份其实只是一个陪客，我与依并不认识，当时我陪同一位亲友来到咖啡馆见依。视线交接的刹那，依是让我惊艳的，标准的美人胚子，更主要的是她有一种让人仰慕的气质，看着落落大方，让人舒适养眼。

谈话很快深入到核心。陪同亲友过来，原本就是来讨论依所面临的问题的。亲友与依谈着话，同时也会跟我解释我不清楚的一些人事，好让我明白整个事件的来龙去脉。咖啡氤氲的香味浮散在空气中，混合着桌前一些小点心的气味，伴随着周边三三两两的低声细语，这是一个让人慵懒的下午。

但依的故事驱逐了这份慵懒，一份对于未知前途的不确定感，让我们仨的情绪都有些小的激动。

"我又不是没有见过钱。"依说。

的确，依是一个见过大钱的人。在我们还只有每月数百元工资的时候，依已经是每个月上万上万地拿钱了。那时候依是一个时装模特。萧呢，当时在一家事业单位里工作，还没有下海。萧黏着依，依的演出到哪里，他就跟到哪里，上班也就吊儿郎当，三天打鱼两天晒网的。萧的家里人知道依，但一致反对萧与依接近。萧与依的交往也就得不到任何来自家庭的祝福。萧喜欢在依演出的地方，寻一处小桌，点一杯红酒，看依在 T 台上风韵优雅地走来，又转回后台去。换一套衣服，又是风韵优雅地走来，又转回后台去。依在台上来来往往，萧在桌旁目不斜视地盯着看，反正是看也看不够。等依深夜下班了，两人就到依的出租屋里，萧继续看依，依然是看也看不够。

那时候所有的费用都是依支出的。萧也没觉得有什么不妥，依也不觉得。依是北方人，爽直。在多年前的绍兴，老一辈人还是有一些排外的。萧的家人反对两人的交往，除了依的职业外，还有一点就因依是北方人。前一点倒可以改变，但后一点，这是无法改变的事实。萧的父母不同意，萧倒是并不急，他就是这副性子使然。

后来，两人的关系有了两个转折。

第一个转折是家里人为萧定了亲。父母以死相逼，萧屈从。在他大婚的当天他回到家里，穿上新郎礼服，按一整套的绍兴规矩把新娘热热闹闹地迎娶进了家门。夜，宾朋散去，父母以为大事告成时，萧对新娘说："你是我父母要娶的儿媳妇，不是我要娶的老婆，我走了。你要走也随时可以走的。"——然后他就走了，回到依的身边，留下一个目瞪口呆的新娘独守新房。

其实新娘子芸是很贤惠的一个人。她并没有大吵大闹的，而是本本分分地待在萧的家里，一待三年。期间萧也回去过几次，但每回都是匆匆地来去，对芸客客气气地，却碰也不去碰芸一下的。芸也就担了一个已婚的名份而已。三年之后，芸选择了离开，萧的父母也心寒至极，同意两人离婚。萧当然是巴不得，立马签字离婚。芸离开萧家后，没多久就成了婚，于第二年生了个大胖儿子，开始了真正属于自己的生活。真的，人生有时候就像躲猫猫一样，一眼看不到头，若是能够直接看到头，就可以少走多少弯路呀。但也许每个人都有一个命，命中注定你要在这里拐弯，你不去拐，迟早总得去拐一下的。

第二个转折当然是依嫁入萧家。两人结婚前萧的父母只提了一个要求，就是依放弃自己的职业。依想也没想就答应了。能与自己深爱的人在一起，有什么不可以放弃的呢？依就放弃了自己的模特职业，嫁入萧家。但两人大手大脚花费惯了，凭萧的那点工资就觉得手头紧张。萧遂从单位辞了职，下海自己办公司。你还莫说，萧开公司还是很有一套的，没两三年工夫，公司就有了一定的规模。这时候，俩人已经有了一个儿子。依就做了个全职太太。

萧的父母高高兴兴地看护孙子，对依，却始终有了一层隔阂在，融洽不到一起。依的父母千里迢迢来看女儿，萧的父母却冷冷淡淡地面对两亲家，让依很不高兴，在萧那里哭诉，萧却不置可否。依的父母日益年迈，虽然依的父母都有退休金，但依还是想每月给父母一些养老钱，尽尽孝心。但家里的钱都在萧那里，每月找萧要时，萧有时答应了却会忘记给。依的儿子有爷爷奶奶带，依想带都轮不到。萧呢，整天忙于事务，与依的交流越来越少。依的感觉里，这个家，她始终是一个可有可无的外人，形同空气般的存在。这种感觉是很不好受的。依怀念当年萧追随她在各地转的时候，那时萧多么黏着依呀。但你若说萧对依没感情，也不是，萧可以在大婚当日弃了新娘子回到依的身边，可以结婚三年而始终只和依在一起，这正是因为有感情在呀。但现在，依的感觉，在这个家里，她是束手无策，度日如年。

这就是我们在咖啡馆里相对而坐倾谈时的状况。依在绝望之余，想到了离婚。我们劝依莫离开，毕竟，萧还是爱她的，他们还有儿子。依却是去意已定，说，做人得有尊严，当你在一个家里连起码的尊严都得不到维护的时候，你待在这个家里还有什么意思呢？当年两人的儿子五岁。依说，唯一放不下的只是儿子，如果可以，我想争取把儿子留在自己身边。我们却是持怀疑态度，萧家就一个孙子，他们肯放？一般情况下是不可能的，再说了，目前依连自己的生活都不能保障呢。

我们想说服依留下，依却在那里说服自己离开。各寻各的理由，旗鼓相当。一个下午也就很快地过去了。秋天的黄昏来得很快，风吹过来，有了很多的萧瑟意味。我们在楼下的湖西路上告别，依修长的身影在秋风中显得有点单薄和落寞。这是一个性情的女子，我想，性情的女子其实多遭难的，因为她敏感，求完美，容不得一点点的杂质，故多烦恼，倒不如憨憨到老的粗线条女子，更易寻得人生的幸福。

后来从亲友那里得知的消息，依与萧最终还是离了婚，依孤身一人回到北方，来时水灵清澈，归时千疮百孔，这就是南方送给她的命运的礼物。

依后来到底如何了呢？我并不知道，只知道，无论如何相爱的两个人，随着光阴的流逝，在时光千变万幻的魔镜般悬疑的转换前，一切皆有可能。你可以执子之手，与子偕老，也可以一朝恩断义绝，从此形同陌路。在尘世里，所有的事物都不是恒固不变的，你若说永远，你若说一生，都是一种美好的愿望。也许有奇迹发生，但是，所谓奇迹，也就是甚少发生的事，而你所能碰到的，是变幻的命运，还是奇迹的命运，只能看你自己的造化了。

依，情门一出天地远，从此萧郎是路人，但愿你有一个幸福的未来！

　　卓文君与司马相如夜奔之事，当时如有微博，会不会有如N年前的王功权与王琴私奔般宣告天下：放弃一切，和司马相如私奔了！——窃以为，若西汉的时光真的能够穿越至今，那么，在微博上发此消息的，当是卓文君，而不会是司马相如。

　　司马相如何许人也？按沪上人言就是一个有点才气的小瘪三，始乱终弃之辈而已。但幸运的是，他碰到的私奔对象是卓文君，方成一段佳话。后来，当司马相如得到汉武帝的赏识，在长安加官晋爵，一日看尽长安花，乐不思蜀的时候，他想见异思迁了。文人好曲，他派人送给卓文君的"休书"是这样子写的：一二三四五六七八九十百千万。——共计十三个数字。卓文君何其聪明的一个人？一看就马上明白司马相如的意思了：十三个数字中，无"亿"，即无"意"也。是司马相如对卓文君无意了。卓文君睹此书信，恰如万箭穿心，忍痛和泪回复了一首诗，这就是著名的《怨郎诗》：

　　一别之后，二地相思，只说三四月，又谁知五六年。七弦琴无心弹，八行书无可传，九连环从中折断，十里长亭望眼欲穿。百思量，千系念，万般无奈把郎怨。

万语千言说不完，百无聊赖十依栏，重九登高看孤雁，八月中秋月圆人不圆。七月半烧香秉烛问苍天，六月伏天人人摇扇我心寒。五月石榴如火偏遇阵阵冷雨浇花端，四月枇杷未黄我欲对镜心意乱。三月桃花随水转，飘零零，二月风筝线儿断。噫，郎呀郎，巴不得下一世你为女来我为男。

卓文君是真有才啊，面对薄情寡义的司马相如，一首诗道尽自己的凄冤，让司马相如无地自容，幡然悔悟，最终亲自回四川把卓文君接到长安，从此倒是一心一意，夫妻终老。

但生活在现代的安就没有卓文君般的幸运了。

安是我的一个病人。说到安，我的心里始终是有一丝不安的，总觉得安的后来，或多或少都与我有点关联。对于安的曲折的命运，我是难辞其"咎"的。虽然，其实我并无过错，但是安的命运，总是在我这里起了转折的，这么多年来，这"咎"是让我有些纠结的。而且，安的故事，也让我看到了人性中的残酷与冷漠。——看似相亲相爱的两个，一朝有变，是可以比任何人都能中伤你的，那把无形的刀直插你的内心，你看到自己的身体里面已经血流成河，但是，你终只能默默地承受那份滴血的痛。需要很多年，这痛楚才可以淡了，散了。只是偶尔回想起来，心里仍然还会一个激灵，感觉到那隐藏在尘封岁月里的痛楚的阵阵寒意，仿佛还在眼前徐徐消散。

那是 1995 年的春天。安和顾满面春风地来到我们医院做婚前检查，即将结婚的人，总是很恩爱的样子的。领了婚检表格，交了费用，然后一个科室一个科室地检查。安和顾很恩爱地来到放射科。当时放射科的婚检项目是胸透，是暗室透视，还没有配备影像增强器装置，这就需要放射医生在透视前戴上很黑的墨镜进行十分钟左右的暗适应。看着安和顾来了，我就收了表格，戴上墨镜等待自己的眼睛适应黑暗的环境。安和顾手挽着手坐在候诊椅上。一如别的情侣，并没有引起我的特别的注意。

我先给顾检查，两肺清晰，正常。接着给安检查，左肺清晰，但当荧光屏移至右肺的时候，在右下肺野，我见到一个拳头般大的阴影。我的心一惊，想着自己是不是看错了。我闭了闭眼睛，把荧光屏更紧地贴着安的胸部，好把影像看得更清楚些。踩下曝光按钮，荧光屏亮了起来，我的眼前，那个拳头般大的阴影仍然触目惊心地存在着。我让安转身，侧面的图像上，那个阴影位于右肺下叶。不是伪影。这么大的病灶，边缘有分叶的，很大的可能是肺癌。

透视间很黑，只有几盏指示灯发出微弱的光。安很安静地按照我的要求摆着体位。透视结束，我脱下沉重的铅衣，开了灯，和安走出透视室。顾等在外面，安很愉快地迎上前去，拽着他的胳膊。

我忽然有些犹豫，我要做一个巫婆了。这样一个温馨恩爱的场面，要被我破坏了。很多年过去了，我还记得我当时的犹豫。我在办公桌前坐了下来，在顾的检查单上敲了正常的印子。然后我提起笔，在安的检查单上描写我刚刚看到的病灶。这当中我并没有说话，我想让那温馨的场面多停留一会儿，哪怕一小会儿，也是好的啊。然而我还是很快地写完了，然后我只能说出刚才的检查结果。

顾和安听完，都变了脸色。刚才拽着的手也分开了，很急地问我那怎么办？我建议拍个胸片，然后拿了片子去上级医院做进一步的检查和治疗。胸透是没有影像存留的。顾和安听从了我的建议，到内科医生那里开了胸部 X 线检查单。我给安拍了胸片。等片子出来，我指点安和顾看安右肺上的那个病灶，真的很大，直径足足有 7 厘米左右。安和顾也就拿着片子和报告单走了。

再次见到安时，是 1995 年的年底了。那天下午，安拿着检查单来到放射科拍胸片。我这个人患有脸盲症，对于陌生的人脸很难记得清楚。但那天我一眼就认出了安。大半年不见，安的脸色有些蜡黄，神情憔悴，不复我第一回见到她时的青春靓丽。安这次来，是来做术后复查的。我给她拍了片子，肺部术后恢复很好。我把报告单给安。就询问她后来的事情。安在我办公桌的对面坐了下来。我想，当时的安一定是寂寞的，一定是藏了一肚子的话无处可说，在我关切的询问声中，她就竹筒倒豆子般地，说出了在她身上发生的事情。那天，她在我那里一坐，也就坐了一下午，差不多是在我快下班的时候，她才离开的。

原来顾后来陪着安来到绍兴。做了进一步的检查，仍然考虑是肺癌，建议立即手术。顾也就只陪着安检查了这么一次，到安手术的时候，顾并没有来陪安，及至术后，更是不见人影。两人来婚检前，其实已经同居在一起了。安说，现在，我生了这么大的病，他倒立即翻脸了，脚印都不到我这里来。术后的病理报告，安得的是类癌，是低度恶性的一种癌症，但仍然需要化疗。我能感受安当时的无助与痛心。身体上的折磨不说，安还需要承受心灵上的折磨与打击。即将结婚的两个人，原来一遇到这样的困难，就可以如此绝情，顾，真的让我叹为观止，所谓负心汉，说的就是这类人吧？安还说，为了证明顾跟安分手不是为了安患病的原因，顾还在村子里散布安的流言——男人做到这份上，是算不得男人了的。我跟安谈了一下午，凭我的直觉，安是一个本分的人，也厚道。

我劝慰安，这样的一个男人，不值得你恨的。你动过手术了，会康复的，不会影响你今后的生活。我这样劝慰着安，心里是很难受的。安坐在我的对面流着泪。我想着，要是我当时没有给安检查出她的病，而是到婚后，她才被查出，情况会不会好一些？顾所担的责任应该要大很多，不至于如今这样的可以不管不顾。安的如今的状况，跟我还是有些关联的。那样的一个下午，空气中弥漫着沉重与悲哀的味道，让我记忆犹新，无法忘怀安的伤心。

安后来孤独而落寞地辞别我而离去，我只能徒留一声叹息。在1996年的春天，我却再一次见到了顾。如今，顾的身影已经变得模糊，但1996年的时候，当顾把他的婚检单子递给我，我看到他的姓名，再抬头看他，他也正有些踌躇地看着我，这时候，我是记起来眼前的这位准新郎就是顾。他的准新娘站在他身边，一看就是个外地人。真的，当时本地人，外地人，我一眼就可以看出来的。但现在情况不同了，我的病人，我跟他说普通话，原来他是绍兴人，我跟他说绍兴话，原来他是外地人。——现在本地人与外地人光凭外貌真的很难区分了，这也许就是时代的进步与和谐及融合吧。其实无所谓本地外地的，在这人世，我们都是"外地人"——终将辞别这个世界回到缥缈着的虚无的"家"的。

我给顾和他的准新娘检查完了，顾跟着我到办公室拿结果，他的准新娘留在门口没有跟进来。我一边写着结果，一边忍不住说，其实类癌在没转移前只要手术了是没有多大关系的，术后很快就康复了的，你当时怎么就那样子跟安分手了？顾这时候低着头，嗫嚅着，低声说，我彩礼都没向她要回的，譬如给她做手术费了。他在我面前倒像个做错事情但仍为自己辩解的孩子。——事已至此，其实多说已经无益。但是，顾啊，你要分手也可以的，可作为一个男人，应该照顾安至术后，你再提出分手。我想那时安尽管伤心仍伤心，但是会理解的，不至于如今这样子地怨恨你。你的所作所为，也真的是太绝情了一些。——我不知道顾和他后来的准新娘生活得是否幸福？但愿顾吸取之前的教训，好好地对待他的妻子。

在 2011 年的春节过后，我倒是又一次地见到了安，让我终于可以放心地放下对她的挂念。

当时安腰腿痛，来我们医院做腰椎间盘 CT，是一家三口来的。安本来就长得苗条高挑，她的丈夫也长得高大魁梧，还有一个七八岁的儿子，一家子看起来很是和谐。我给安摆体位的时候，还没有意识到眼前的女士就是安。摆好体位，我就走出机房给她做 CT。做完了，我去扶她下来的时候，她就在那里微笑着叫我"徐医生"。——我方记起来，她是安啊！我回应着她，问她现在过得如何？她笑着说，很好的，丈夫是 XX 村的。我一听，那个村子里家家都很富裕的。她说，儿子有七岁了。她说，丈夫对她很体贴的。我很高兴地听她对我说着这些。等她穿好了鞋子，我转身拉开了机房的门。——这时候，我们只是相互再看了一眼，就都不说话了。一瞬间，我和安之间仿佛就达成了某种默契。

真好！知晓了安的幸福的如今，真好！吉人自有天相的。但愿安经过了一系列的不幸、背叛和挫折，最终拥有所有美满婚姻都该拥有的幸福——事实也的确如此。

我在此深深地为安祝福！

绕不开的宿命

"我走了。爱与不爱，下辈子，我们都不会再见面。"

一个人想自杀，就草拟了这样的一份遗书。从字面上分析，这个人是通透的，唯其通透，才致看透，最后才能决绝地走。我想，每一个甘于自杀的人，肯定都有自觉过不去的坎，人性的软弱在这里无限放大成一场灾难，让人同情之心油然而生。但每一个能够自杀的人，又需要多少勇气与胆略才能把脑海中想象的事付诸实施？人性的坚定在这里是让人惋惜的。其实，置之死地而后生，一个人如果死过一回，死里逃生之后，对生的意义的认知，应该是会改观的。

但茗再也无法对自己生的意义做任何的评价与修正了。我看到茗时，茗已经把自己挂在了楼梯转角处的木栏下面，脖子上的结是用长筒丝袜缠绕而成。茗修长的身子在那半明半暗的角落里轻轻晃荡，一些浮尘在窗角斜射过来的光照里若有若无绕其左右。这一刻，我想起了动画片《聪明的一休》里那一个在屋檐下面夜以继日随风摇摆的晴天娃娃，安静、精灵、孤独。也让我想起了1991年1月4日的中午，一个晴好寒冷的日子，我在学校三楼宿舍走廊里行走的时候，听到楼下的广播室里传来这样的声音：著名作家三毛于今日清晨在台北市荣民总医院自杀身亡。——我的脚步有所停滞，已走到室外走廊里的我，脑海里刹那静默，心小小地刺痛了一下：哦，死了。——但也仅此而已。然后我该干嘛就干嘛去了。但那听闻的一幕却经常在我往后的人生里浮现。此刻，在我见到茗时，它们又悄无声息，如幽灵般地现将了出来。

茗很安静地晃荡，忙乱的只是活着的旁人。七手八脚之后，茗被摆放到了地上，嘴微张着，露出一截暗紫色的舌头，原本清丽的脸庞此刻就显得诡秘与狰狞。茗终于还是死了。一个人真想死的时候，任何人都是救不了的，能救的，除了她自己，别无选择。

对于死亡，可能每一个人都有一份好奇心。我也不例外。有时候想象死亡，想着，如果是我选择自杀的话，我会选择何种方式结束自己的生命？择之又择，我还是选择往高处走，然后往低处飞。人不能抵抗地球引力，走得再高，飞将下来，终会在最低处落下。最好足够高，跳下来的时候，可以学鸟飞样，然后晕厥，然后成鬼。——从人到鬼的距离，只是刹那，如光影般义无反顾浮掠而至。

茗死于上吊。年轻的、饱满的生命引颈向上，永逝而去，不再顾念这纷杂的尘世。没人知道茗逝去的缘由。所以，你也别指望我能够给你一个确定的答案。不知从什么时候起，茗觉得自己生病了，从此就开始了她的寻医问药之路。她反复地做各种各样的医学检查，胸片，胃钡餐，胃镜，肠镜，腹部 B 超，脑 CT，等等。结果让她很失望，她竟然没有任何器质性的疾病。可她还是继续着她绵长的求医之路，磨着医生给她做检查。她每次来，我总是对她说，你又来了啊，你没什么事情的，不用这么勤地拍胸片的。她总是说，可我胸闷呢，这里痛。她就点点她的胸口。说，这里痛。

此刻的窗外，天寒地冻，想着茗的事情，我也觉得胸口闷和痛。在这种闷和痛中，我想起了茗最高兴的一天。那一天，我在茗清丽的脸庞上面，第一次看到了所谓的笑逐颜开。

当时茗很高兴地找到我，急切地说，我终于生病了！原来我得的是骨囊肿！我问她，你得的是哪里的骨囊肿？她就递给我一份磁共振的片子。我把片子插在观片灯上，细细地瞧，看到她的右侧肱骨解剖颈的区域倒真的是有一个骨囊肿，七八毫米大小。天啊，这枚骨囊肿对茗真的是天大的安慰，她终于生病了，得的是骨囊肿！我肚子里已经哑然失笑成了一锅粥，却不敢拂了她的兴奋劲。只说，这么小的骨囊肿没什么大不了的，不过你需要隔期复查的，如果大起来，可能会病理性骨折的。茗收起了笑容，很慎重地点头应答。我会定期复查的，你放心。茗对我保证着。

我忽然觉得，对于茗而言，一个病，应是很重要的一件事情，不管是什么病，只要是病，对她而言，就是安慰，就有了一件从此可以让自己一心一意与之较量的事物，而不再彷徨猜测悬而未决让自己心神难安。我忽然就不笑了。虽然那笑仅仅是隐蔽在我肚子里的笑，但此刻，我收起了我肚子里的笑。再次说，茗，你得了骨囊肿，你以后就隔期复查吧。

茗其实一直在吃着抗抑郁镇定安宁的药。她是神经质的。凡事在她身上的反应，首要的就是紧张。与茗接触，你很难看到她安然的样子。她总是急切的，急切地要求检查，急切地等待结果。和我熟识之后，在等待结果的中间，她会眼巴巴地望着你，你走到哪里，她的目光就追随着到哪里。让你感应到她的急切，让你不得不用尽可能快的速度解决她的检查。

我不知道茗逝去的那一天，她把她的目光投放到了哪里？也许，她再也不想让自己受折磨了；也许，她是想让自己急切的脚步从此缓慢静止下来了；也许，她看到了永逝之后的幻美，她无法割舍那份幻美，所以，她就追随这份幻美而去了。死，就是抛弃生者的一切，所有美好的，所有丑陋的，所有的爱，所有的不舍得，一切放下，与逝者相关的一切，从此灰飞烟灭，从此长眠不再醒。

真该到一座寺院，要寻一座安静的，僧人勤扫庭院，但不用勤扫小径。小径上，最好有落叶铺地。小径的尽头，可以是一片湖泊，天上的云朵飘落在涟涟微波里，湖天合在一起，用不着分明白。你坐在那里，看水，看云，头顶有寺院的钟声寂然落下，这时候你的心里，就只剩下安宁，别的，什么都不要有。

何谓生死？于逝者而言，其实什么都不再是，火化之后，成一小堆骨灰而已，或者不火化，任其腐烂成泥，永归于尘土。死是只对于生者而言的。生者有感有知有情有念，才有那个相对的死，死真的是存之于生者那里的，要不，死真的是虚无的事情。

在于今而言已算遥远的 2011 年 8 月 21 日，在那一天的《绍兴晚报》上，我看到了这样一则讣告：章中春先生因病与世长辞，根据逝者生前遗愿，丧事从简，不举行遗体告别仪式，不保留骨灰。——章中春先生是我的母校绍兴卫校的校长。我在绍兴卫校就读的时候，每个星期一的早上，会有个升旗仪式，然后就是校长的例行讲话。所以，你不认识校长是不可能的。校长高高地站在二楼的高台上，就是给各位学子看的。从卫校毕业后，我不曾再见到过这位老校长。直到我见到这样的一则讣告。这个讣告写得本真简朴，与我印象中的校长的性情很合拍。我当时在心里祭奠，但并不哀悼。因为，我知道，校长走时是平静的，这是他预想了很多年、很多次的结果，大家平静接受，比任何的哀伤悲泣都强。——校长十余年前患了小肝癌，能够治疗存活这么多年，已属幸运。

用这么多年来思考如今这个结果，也就有了如此简朴的讣告了。——透过这样一个讣告，你是可以窥见校长的本真朴实、淡泊名利的。我在此谨致敬意。

这一篇文章写来写去都是写逝者的事。是的，就写逝者的事吧。芸芸众生，如蝼蚁般生死无人知。那些被我知道的，我希望能够在我的文字里留下一些他们的踪迹。在我也灯枯油尽的时候，我希望，他们能够成为我去往天国的引路人，我们会在那里再一次地欢聚。而这人世，就此别过吧。

见到朗，——严格来讲，我其实没有真正地见到过朗，虽然那一天，我与他只一墙之隔。但我听到了他的声音。从低矮的、原先是从主屋那里搭建出来准备堆放杂物的一间小屋里，我听到朗悲愤的吼声从小屋内发出，没有抹石灰的墙壁显得斑驳而苍凉。这间小屋没有窗，有一扇木质的门，门上拴着铁链锁，那么粗那么长缠绕在一起的铁链锁，为的是防止朗破门而出。

我问我的姑婆，如何给朗送饭呢？她说，从门的小洞里递进去。说着，她从木门上抽开了一小截木板，原来这截木板设置成了活动的。姑婆抽开这截木板的时候，朗的手突兀地伸将出来。姑婆猛力拍打这只手迫使他回归黑暗里。如惊鸿飞过，这只肥肥的、白白的，有一些黑色的老泥贴附其上的手，也就在我的视野里永恒。朗是我的亲戚，我的表舅。我这一辈子，只见过这个表舅的一只手，听到过他从黑暗小屋里发出的数声低吼声。

大伯父对我说，朗小时候长得很清秀的，年前节后来做客的时候，有礼有节，惹人爱怜。朗还编得一手的好竹编。竹片在他手里，他能够编成竹席、竹篮、竹篓，反正你能够想得到的朗都能够编，而且编得又快又好。在我山清水秀的故乡，一座老宅的天井里，年少的朗蹲在地上，两手上下飞舞，竹片上下翻飞，发出沙沙沙的响声。他来做客没几天，总会留一堆竹编下来，左邻右舍地派发，大家欢喜地向他道谢，他腼腆地微微一笑。那时候我还没有出生，所以我只能在想象中穿过时光的隧道抵达朗年少时的那段经历。大伯父叹着气，唉，这样的一个好小伙子，怎么说傻就傻啦？

没有人知道朗是为什么傻掉的。总之一夜之间，我的姑婆在清晨的微光里看到朗时，朗正赤裸着身子用粪便涂抹自己的脸。姑婆惊问，朗，你在干什么？朗眼神迷离，说，我在洗脸。姑婆闻之瘫倒于地。随之又急着爬起来，给朗做善后事。朗从此之后没有再清醒过。无论怎样地吃药问医，朗的病情仍然日趋一日地严重起来，到最后，是攻击所有周遭的人。被他逮住的人，他是狠命地打，需四五个壮汉才能制服他。姑婆没有办法，只好把他关进了那一间杂物间。姑婆从此不离村子半步，日日守着这间小屋，送饭递衣，隔着门墙与儿子交流。一晃十余年。

我的姑婆在一天夜里突发脑出血去世。那是一个寒冷的冬季，下着雪。第二天上午，人们没有看到一贯早起的姑婆出来活动。庭院里落着的积雪上没有脚印，大门也紧闭着，小屋里的朗在那里哀号，好像是饿了。一种不祥的预感笼罩在人们的头顶。人们七手八脚地撬开了大门，来到了姑婆的床前，看到姑婆悄无声息地躺在床上，用手探之，鼻息已无，身已冰凉。

人们安葬了姑婆。邻近的亲戚们准备轮流照顾朗的饮食，还排了班。但姑婆去世半个月后，我的表舅朗也去世了。

第四辑

半辈子的父母，
一辈子的兄弟

曾经和一位朋友聊天，当时朋友说了这么一句话：半辈子的父母，一辈子的兄弟。这话是朋友的母亲说的。我乍一听，觉得这句话好像有些不近情理，但细一琢磨，实在有些道理蕴含在其中。

这句话的由来起源于一个故事。

当年，朋友的舅舅颈部淋巴结肿大，一查，居然是淋巴瘤。就到省城肿瘤医院治疗。治疗期间，朋友的母亲和其他亲戚们跑上跑下，很是忙累了一些日子。后来，他舅舅的病情经过系统的治疗总算稳定了下来，肿大的淋巴结基本缩小消失了。大家也由衷地为他舅舅高兴。

这中间，朋友跟我说起了他们的一些家事。

许多年前吧，在朋友还在上学读书的时候，他的外公得了食道癌住院。朋友的母亲主张听从医生的劝告，选择手术治疗，因为他的外公当时还有手术康复的希望。但朋友的舅舅顾虑手术费用的问题，怕最终人财两空，主张放弃治疗，回家去算了。朋友的母亲就说费用两姐弟可以平摊。在那个年代，嫁出去的女儿还能与兄弟一起负担父母的医疗费用，也算明理慷慨了的，何况朋友的家境也并不宽裕。但最终，朋友的母亲拗不过她的兄弟，他的外公最后还是放弃治疗，出院回家，待在家里直至去世。

多年之后，说起这些的时候，朋友和他的母亲依旧有些耿耿于怀。如今，朋友的舅舅得了恶性淋巴瘤，治疗花了好些钱，化疗时其中的一针针剂的费用就要两万多元一针，还一连得打好几针。家里倾尽财力为他治疗。而朋友一家在当时也跑上跑下，联系医生，联系病床，可谓既出钱又出力。

朋友说，是他的母亲跟他说了一席话，让他得以放下成见，原谅他舅舅以前的一些不妥的做法。他的母亲是这样子对他说的："当时的情况让我很生气，我完全可以凭此与你舅舅交恶，老死不相往来。但父母是半辈子的，兄弟是一辈子的。我这样一想，也就原谅他了。何况，你外公的食道癌即便当时进行了手术切除，也的确没有十成的把握一定能够康复。"

朋友转述了他母亲的话给我听。我侧耳倾听，初听讶然，继而洞然。内心很有些感慨他母亲的话，我想在人情世故上，他母亲一定是一个睿智的人。诚然，在为人行事上，只要不是大恶大奸的，不是原则性问题的，大可用一种宽容些的态度去看待。就说朋友的母亲与他的舅舅吧，当时的情况，两人一定是颇不愉快的。但过后，当斯人已逝，生活却仍将继续。在这份继续的生活中，也许姐弟俩仍有些芥蒂，仍有些耿耿，仍有些遗憾，但未必一定需要以你争我吵、永不言和、形同陌路为代价。

做人最当戒慎者，是既非决定，亦非不决，而有一件事凝滞于心中，如此，与己与人皆是痛苦与不自在。人生短暂，再回眸已百年身。

人的一辈子，真的需要远离那秘而不宣的暗度陈仓，远离那狡兔三窟的尔虞我诈，远离那你死我活的明争暗斗。

珍惜身边的亲人、朋友、同事，珍惜一切的必然与偶然，珍惜那人性中闪亮的光和热，这个世界，还是美好的。

最后的时光

　　外婆王阿花，绍兴县独山村人。生于 1925 年，即农历乙丑年，属牛，生日记不清了，外婆的母亲忘记了外婆的生日，外婆信仰耶稣，我表姐就定了每年的 12 月 25 日圣诞节为外婆的生日。外婆卒于 2011 年 12 月 29 日 20 点 55 分，即农历辛卯年庚子月戊午日亥时三刻——外婆的生日已无法考证了，卒日我想记得尽量详尽些。外婆享年八十七岁。

　　外婆是在我的抚摸下安详去世的。

　　那一天晚七时许，表哥打电话来，说外婆现在呼吸乱了，说看来外婆也就这一二天了。我打电话给姐姐，姐姐说马上过来接我。我也打了电话给母亲，本想说外婆的事，但想想她昨夜和今天白天已经陪了外婆那么长时间，傍晚弟弟才接她回去的，想休息一下，也就忍着不说了，只让母亲抓紧时间睡一觉。

　　晚八时二十余分，姐姐从杨汛桥赶过来接我，我上了车，直奔新未庄。到湖西路时，姐姐接到弟弟的电话，说他和母亲已经在外婆那里了。姐姐转脸对我说，完了，弟弟是哭着说话的，看来外婆撑不过去了。

　　不到十分钟，我们也就到了新未庄外婆的出租房里。外婆和二姨一家一起住在独山村的，前两年独山村整体拆迁，他们就在新未庄租了一个三层楼房，一楼厨房，厅堂，二楼外婆和二姨住，三楼表哥一家住。我和姐姐直奔二楼，二楼里已经围了一屋子的人。我到床前叫外婆，外婆盖着棉被，嘴巴张着在呼吸，但并不理我，似乎在睡觉的样子。我扑在她的身子上，贴着脸叫她，她也没有反应，摸脉搏，在动，但微弱。我摸她的脉搏时，牵着她的手腕，才发觉她已经换上了米白的寿衣。我的眼泪掉下来了。二姨在旁边说，房东过来说过了，外婆不能老在这房子里，要到独山去。我说还有气呀。二姨说正是有气才要赶紧过去呀。有一瞬间我懵了。

外婆生了三个女儿，为二姨招的是上门女婿，二姨生了一儿一女，叫外婆是叫奶奶的，我们绍兴话叫的是娘娘。二姨的女儿，我的表姐就在那里拦着不让抬，说娘娘不能走，不能走的，娘娘只是睡着了。旁边的一群人就哭着劝，说叶落归根呀，到独山去，你娘娘就会认得回家的路的，这里只是客居，在这里老了，以后要认不得路的，再说了，我们答应房东老人不在这里老去的呀。

可外面那么冷呀！我表姐还想阻拦，我隔着棉被抱着外婆。我的一个表哥说，走吧，再不走来不及了的。就掀开了棉被，把外婆抱起来。外婆一身洁白的素衣，小小的瘦弱的身子轻飘飘的就在表哥的胳膊里了。我捧着枕头，二姨抱着棉被跟在后头。

到了一楼门口，大姨父已经扶着一辆踏板车等着了。踏板车上放着一块门板，上面铺好了垫被。表哥把外婆从二楼抱到一楼时，外婆一声也没吭。此前，外婆是不让人动的，一动就直喊疼——前段时间她摔了一跤，摔坏了股骨，就躺在床上静养。老人长期躺床上，二姨再怎么尽心照顾，外婆还是一天一天地老弱下去了，近十余天来更是只喝了些流质。就此一病不起了。这时候的外婆已经没有疼痛感了，我多么希望外婆喊疼呀，哪怕只哼哼几声也好。可外婆静静地，没有声息。

大家快速地把外婆在门板上安放好，盖上被子，头下垫上枕头。我摸摸外婆的鼻孔，还有热气在冒出来，头也是温热的。我扶住外婆的右边身子，二姨扶住左边的身子，表哥扶着外婆的双脚，大姨父踩着踏板车。我们四人就急急地从新未庄往独山赶。身后一群人在手忙脚乱地往一辆辆车上搬着什么东西。那时候我什么也顾不得了，只扶着外婆赶路。我的身子马上冒出了热气，冰凉的手也暖暖的。我用我暖暖的右手抚着外婆的左侧脸颊，忙不迭地用手探鼻孔，用手摸颈动脉。

二姨对我说，快一起喊，喊外婆回独山，尤其过桥时一定要喊。我应答着，就喊，外婆，我们回独山了，我们回独山了啊。外婆住在新未庄的出租房里，一直念叨着要回独山的。独山的拆迁新房二姨分了四套，外婆名下的一套有一百四十平方米，年后的三四月份就可以交房了，本来外婆一直盼着回独山，住新房的。

这样的冬日夜晚，一行四人扶着躺在踏板车上的外婆赶路，走在谢秋公路上，一辆辆汽车呼啸而过，路灯很明亮，我看得到外婆的睫毛。心里是说不出的悲哀。过第一座桥时，我喊着，外婆，我们回独山，回独山，你当心脚下的路呀。这时候，外婆半睁了眼睛，眼角有泪水沁了出来。我急忙用纸巾擦掉那泪水，对二姨说，外婆睁眼睛了呢。二姨说，但愿坚持得到，姆妈，你要坚持到独山啊，你不是老说要回独山吗，我们现在就回独山啊。

我的手一直抚着外婆的左脸颊，摸颈部的颈动脉。到过第二座桥时，我摸不到搏动了，鼻孔里也探不到气息了，我用脸凑近了外婆的嘴，也没那温热的气息了。这时候，我知道外婆走了。我有些茫然地跟二姨他们说，外婆走了啊。我这时候忍着泪，想着快些赶路，心里幻想说不定外婆到了屋子里又活转过来了呢？这时候是二十点五十五分。

但奇迹没有出现。我温热的手抚着外婆，那脸颊还是渐渐冷却了下去，颈动脉无搏动，鼻息还是没有。我用毛巾遮着外婆灰白的头发，那额头也冷下去了。从谢秋公路转入独山道上，几乎是一路小跑，我背上全是汗水了，大姨父已经脱了棉衣在踩车子了。

二十余分钟后，到了独山，过了独山的那座桥，河对岸矗立着一排排的新房子，是外婆念叨着的新房子。过了桥，一群人已经在那里等着了，我路上都没看到他们开车开过。

表姐问我，娘娘怎么样了？我说，外婆已经走了。她一听就哭了。我没哭，我还是赶着路。过了桥，转个弯，就到了独山的一个临时建筑里，看来是专门给红白喜事用的，很宽敞的。

一进门，我摸着外婆已经凉却下去的脸，再也控制不住，我号啕大哭了起来，很绝望地大哭起来，泪水哗哗地流，我的眼镜前面已是一派模糊。弟弟扶着外婆的脚，也哭将起来，大家都哭了。

我的外婆逝于回独山的路上。

她生病期间，不肯吃饭，二姨只要说你吃了饭就给你回独山，外婆听了就会吃一点。回独山是她最后的愿望。我的另一个表哥在旁边一迭声地后悔，早些天是说让外婆坐车里来看看独山的，可二姨说天气冷，会感冒的，不让来。早知这么快走了，应该让老人来看看独山的啊。

可遗憾的只能是遗憾的了。外婆已经不问世事了。人们撤掉了她身下的垫被，把她平放在门板上。我表姐还似乎不相信似的，说，娘娘身子还热着呢，怎么躺门板上了？

我抚着外婆的下颌，她下牙都缺了，就上牙还有两颗门牙在，嘴巴就干瘪地微微张着，我想让她合上嘴巴，就一边流泪一边托着她的下颌，想，时间长些，会闭紧些的。我站在外婆的头前，托着她的下巴很长时间。外婆信仰耶稣的，有些耶稣教友闻讯立马就赶了过来，给刚离世的外婆祈祷。

他们说，你要紧紧跟着耶稣，叫着耶稣，你已经上了天堂了。

他们说，你留下的只是肉身，你的灵魂已经到了极乐世界了。

他们说，天堂里没有病痛，没有哀伤，那里只有永恒的欢乐。

……

我相信外婆的灵魂当时一定还在人间流连，她要听了这些祈祷才会跟着耶稣走向天堂的。外婆生前，遇着耶稣教友给去世的教友做祈祷，就会很幸福地说，他们以后也会这样子给我做祷告的啊。

今天，12月25日，是我表姐给外婆定的诞辰日，而12月29日是外婆的忌日。岁月仿佛只是眨了眨眼，外婆去世时的情景还历历在目，但外婆去世竟然已经这么多年了。我不信仰耶稣，但我希望并相信信仰耶稣的外婆，一定会在天堂，在她的诞辰日里，望着耶稣，叫着耶稣，和她的教友们一起，正一起唱着美妙的赞诗。

她一定也会记起我，正如此刻的我，如此想念我的外婆。

外婆，您在我的心里永生！

双抢的日子

D是我的初中同学，这几天她的朋友圈里，都是她家里抢收早稻的图片。她家应该是种粮大户，图片里有好几辆久保田收割机进驻她家田地，从7月25号开始收割，到7月28号傍晚才收割完。

七月底八月初，正是江南农村的双抢时节，所谓双抢，就是抢收早稻，抢播晚稻。水稻在江南一带，一般只播种两季，七月中下旬早稻成熟，收割后，得马上耕田，在立秋前把晚稻秧插下，时间紧凑，就用了"抢"字来形容这个时节。

我老家也有一亩多的田，前些年开始，因为周边的田都租给了苗木老板种花木，父亲种的稻就成了麻雀们的美食。也是，在一大片的花木田中，独独这一小片的田里有黄灿灿的稻穗，任父亲做了好几个稻草人，穿上花花绿绿的衣服，甚至让稻草人手执飘着彩带的竹竿，也终不管用。麻雀们成群结队，叽叽喳喳地飞扑到父亲的田里啄食稻谷，收成所剩无几，我家也就不种稻了，也没有把田租给花木老板，只在田里种些蔬菜。

回忆我小时候的暑假，双抢的记忆总是和热火朝天，是和汗流浃背，是和分工协作这些词联系在一起的，那是真正的全家总动员。

在七月中下旬，父亲会每天去田畈转悠一下，看看水稻的成熟程度，那时候的父亲像一个司令员，到他认为可以收割的时候，就一声令下，全家老少齐上阵。

在天刚蒙蒙亮的时候，父亲会摇着一艘水泥船，载着我们向田里进发。镰刀早已磨得雪亮锋利，预备装稻谷的编织袋也整齐地码成一叠，还有装着开水的军用水壶，以及一些充饥的点心，然后我们每个人都会戴着一顶草帽，穿着长袖的衣服，用来防晒。

到了稻田边上的水域，父亲停好船，我们陆续上岸，到了自家的田里。然后开始收割。一般孩子们是六株一排收割，大人们会八株一排收割。镰刀在手，"嗖嗖嗖"，水稻根断，稻秆握在手里，然后一把一把地横放在身后的地里。大家有快有慢，那一行一行的水稻就有长短，逼得人奋起直追，想尽快赶上前面的进度。有时候割着割着还会跳将出来一只青蛙，惊悚地在稻秆间扑腾，并拿圆鼓鼓的眼珠瞪视我们，想来是抱怨我们侵占了它的领地吧。

日头从东边越升越高，水稻已经一行一行地收割在地上，这时候会有一台打稻机推移过来，插上电源，按下开关，机器隆隆声响起，就要开始打稻谷了。打稻谷蛮好玩的，用手拿一把稻秆，然后把稻穗左右旋转着放在机器上，那些稻谷就脱落下来。放的时候轻重势道要把握好，不能放得太重，也不能放得太轻，放得太重整个稻秆都断了，放得太轻稻谷又脱落得不干净。所以，还是得有点经验方才使稻谷脱落得又快又完整。也因此，打稻谷总是大人们干，孩子们就在大人身后从地上捧起稻秆递给大人，这样子配合着向前移动。

但打稻机也有危险，一不注意，手会随着稻秆卷进机器里，造成受伤事故。因为在田里风吹日晒，有时候电线老化，容易漏电，我们村里就曾经有两三个人因此触电身亡。所以，打稻机的使用总得小心翼翼才行。

脱落下来的稻谷就用畚箕畚到编织袋里，装满了就用塑料绳扎紧口袋。在快中午的时候，一般会派一个人先回家烧饭去。再过些时候，把一袋袋的编织袋装到船上去，然后再摇船回家。这时候大家都有点累，父亲在摇船，我们就倚靠着编织袋坐着打盹。船上放了稻谷重量沉，船身就低，有时候就贴着水面前行，可以看到水里游行的鱼，仿佛伸手可以抓到一般。记得有一次回家，一条很大的胖头鱼就跃进了船里，可把我们高兴坏了，那天中午鱼身做了红烧鱼，鱼头做了干菜鱼头汤，味道鲜美得不要不要的！

到家了，要把编织袋里的稻谷倒在晒场上，用竹制或木制的推把把稻谷摊开晾晒。然后才吃饭休息。在下午两三点后，等日头不那么猛些，再次出发去田里收割稻谷。我们家一般用一两天的时间收割稻谷，然后再用一天的时间，联系好拖拉机耕田、放水、摊平。

然后，就可以种下晚稻秧了。父亲把稻秧一把一把地散抛在田里，我们站成排，左手拿秧把，右手把秧苗插在田地里，左边两株，中间两株，右边两株，脚步交替后移，眼前的绿就齐齐整整地越来越多。

种稻和割稻，两相比较，我喜欢割稻，不喜欢种稻。因为种稻时的田里，放了水，很泥泞，而且田里会有蚂蟥，它们会悄无声息地钻入你的小腿肚里吸你的血。我就被叮咬过好几次。我穿着长裤特意放下裤腿，可是依然挡不住蚂蟥的侵袭。这是整个农事里我感觉最怕的事情。

双抢应该是在立秋前一天就结束的，如果谁家在立秋以后还没有把晚稻秧种下，那是要被看稀奇的。因为立秋之后种的秧苗长势会有影响，收成就会差一点。

在农村，双抢时，亲戚朋友间会互相帮助。有时候我们都在田里忙，家里没人烧饭，我的二姑妈或三姑妈就会替我们烧好饭，几个姑父或表哥也会到田里帮我们收割。我喜欢吃我三姑妈做的油炒兰花豆，就是罗汉豆剥壳，然后在油里翻炒至焦黄，吃着很香很脆。

双抢时节，也是一些毛脚女婿们表现的时候。记得我姐夫第一次来我家，刚好是双抢时节，他就到田头帮我父亲挑秧苗，一根扁担挑着两筐秧苗，走在狭长的田埂上，他用手抓着筐上的绳子，尽力平衡着身体，防止竹筐东摇西晃，后来他有没有摔倒我忘记了，但那战战兢兢，又努力奋斗的样子，在随着毒辣的夏日的光照而氤氲升腾的热浪里就此定格。一直在很多年后，仍被我们津津乐道。

后来，就是收割机收割稻谷，然后是插秧机插秧，机械化了，农事要轻松很多，同时也免除了被蚂蝗叮咬的提心吊胆。

而现在，我家有田，但已经不种稻，也就没有双抢了，看着朋友圈里 D 同学的双抢照片，那些热火朝天，齐心协力，汗流浃背，争分夺秒，同时总是伴随着暑假而来的双抢时节，就在我的记忆里生龙活虎，扑面而来。

那些双抢的日子，历历在目，仿佛就在昨天。

项里，是生我养我的故乡。

项里地处会稽山脉北缘，隶属绍兴市柯桥区，是一个依山傍水的小山村。这一个地名的由来，与西楚霸王项羽有关，传说楚霸王项羽就是在这里起兵反秦的。1992 年版的《历代帝王传奇》里专门有一篇名为《项里》的文章，当年我在一个无名小镇游玩，在当地的新华书店里看到这本书，一看到《项里》篇，毫不犹豫地就付款购买了下来。

当年秦始皇并吞六国，统一中国，最后一战消灭楚国。项羽世代为楚将，他的祖父项燕，就是这次作战中英勇牺牲的。项羽当时年纪还小，就跟随叔父项梁，避难逃到会稽（现今的绍兴）乡下。而这个乡下就是项里村。

在村里，项羽为百姓做了许多好事，深得民心。但秦末乱世，官逼民反，项羽与其叔父项梁在项里村起兵，拥进会稽城，杀了太守，开启争霸之路。村民为了纪念他，把村名改成了"项里"，还建了一座"项王庙"，供后人凭吊瞻仰。

这里还有一个传说，项羽起兵前夜，在村里埋下了 12 面金锣。为了方便自己以后寻找，也为了避免被人盗宝，项羽在村东草湾山上刻了神秘字符。传言说，只要人们破译这神秘字符，就能找到这12面金锣。如今，字符依旧在，12面金锣却不曾有见天日而有鸣响的机会。

我们当地村民历来把"项王庙"称作"霸王庙"。此庙在20世纪60年代开展的一场"农业学大寨"活动中被夷为平地，改溪造田。我幼小时，我的祖父曾经指着山脚边的一块平地，说那块平地就是当年"项王庙"的遗址。而当时的我看望过去，那里是一片绿油油的稻田。祖父说那个庙里以前经常有土匪霸占出没，让我脊背一阵发寒。

如今大家看到的"项王庙"是1993年重建的，建于一座小溪上，跨溪而建，一点也不起眼。俱往矣，一代霸王，此庙寒酸了，想起来心疼而遗憾。据我祖父所述，原来的"项王庙"规模还是比较大的。

而几年前，一纸行政命令，行政村撤并，把项里改名为丰项村，由原项里、丰一、丰二这三个自然村组合而成。这三个自然村，一向以来总称"项里"，现在却变成这俗不可耐的"丰项村"。我个人还是喜欢项里的称呼，我希望有朝一日，我村能回归原名，仍旧叫项里，因为这是历史文化的传承，如果在我们这一代里中断了这份传承，是会被钉在历史的耻辱柱上的。

说到历史，这里的杨梅应该较有名气，南宋大诗人陆游晚年定居柯岩东边壶殇埭三山。"西临梅福隐，南望项王祠"，曾数度造访项里，一边啖梅，一边惜古，留诗数首。其中一首《项里观杨梅》云：山前五月杨梅市，溪上千年项羽祠。小繖轻舆不辞远，年年来及贡梅时。我猜测，陆游当时所吃的杨梅应该是位于翠峰禅寺西边的山上，我小时候，那里整座山都是绿绿葱葱的杨梅树。五六月份，满树的杨梅红艳艳地挂于枝头，让人口舌生津，垂涎欲滴。

翠峰禅寺始建于宋代，寺的那座山，以前是种满了梨树和桃树的。我年少时记忆最深的，是春暖的时光。走过小村山脚，那红的桃花开了，那白的梨花开了，山坳边的翠峰寺沉香阵阵，檐高廊阔，山前一道溪流，清澈见底，可见石蟹在鹅卵石间爬行。而在寺前的右手边，有一座池塘，我会在有着青苔的石阶上长久地坐。祖父经常在这个池塘里洗澡，记忆里那个池塘很宽阔的，但现今看来，也许是重修过的缘故，却是很小的一个池塘，也没有了当年的意境。但年少时的彼情彼景，如今每每忆起，内心里依旧是很柔软地感觉一派欢喜。

项里村向来是一个大村落，钱氏、徐氏是项里的大姓。有一句俗语"项里大地方，三庙两祠堂"，"两祠堂"就是"钱家祠堂"和"徐家祠堂"。

据县志记载，钱氏的先世为吴越王钱镠，居杭州临安，其十一世孙钱椿，字永嘉，号竹屋，于元朝初期由诸暨江藻迁徙至项里，成为项里钱氏先祖。而项里徐氏的先祖名鹏，字大举，唐宣宗懿宗间，因裘甫起义（859-860），徐鹏避兵乱，由龙游迁居项里。所以，我的先祖往前推是徐鹏，再往前推，我其实是衢州龙游人呢。

山人与世无争，自谓山里人，在此繁衍生息，家族人口越来越多，约为明朝初期，钱、徐两姓各在村里建造了"祖先堂"，也就是钱家祠堂和徐家祠堂。据记载，此两姓祠堂格局完全一样，均为两进，前进五间平房，祠堂门斗居中，两边各两间侧屋；后进一溜五间高大的堂屋，安放历代祖先灵位；两进中间是一块很大的石板道地，道地里建有一个戏台，道地两侧各有一条走廊，将前的两进连接起来。可惜这两个祠堂在1956年7月的台风中被刮倒，后在废墟上建起了大礼堂，现在是村菜市场的一部分。

我祖父有七兄弟，到我父亲这一辈时，就有十八个堂兄弟。记得前些年我父亲做六十大寿，十八个堂兄弟，除了有三个在外面出差一时赶不回来，剩余的十五人齐刷刷地都来贺寿。旁边有空位子也不坐，硬是要一齐挤坐在堂屋正中间的一张八仙桌上，煞是热闹。后来另外桌子上的人早吃好了，他们这边却还正在高潮，笑声把人群都吸引过来了，大家挤在四周看他们喝酒喧闹。我向来患有脸盲症，这么多的伯伯叔叔老实说我其实不太认得全，有几个让我认，我"大伯、二伯"地乱猜一气，居然也蒙混过关，敢情是他们酒喝高了的缘故吧。

但我的祖父和他的兄弟们，到如今早已都魂归故乡的泥土。人生总是会离别的吧，总会叶落归根，譬如我此刻站在这里凭吊我的故土与先人，而多年之后，亦会有人来凭吊此刻的我的吧。

小村有英雄气，马嘶叫在秦汉，那声音嘹亮，曾把江山都装入了怀中。

这就是我的故乡，一个叫项里的古村落。

你来，或者不来，古村都在，故乡都在。

请把时光，设置成过年的模式

年来了。

时光斗转星移，生命的年轮又多了一个圈圈。看那一个个圈圈，深深浅浅，兀自静默在尘埃里，你若伸手拂拭，必惊起那一层薄尘，那些灰尘，仿佛就有了生命一般，在午后的阳光下，点点晶莹剔透如星辰，在你的心里，它们的存在，一如炉炭将熄未熄的时候，已有白白的灰，却依旧有星点的温热，是余温，它们的名字，都叫作回忆。

犹记得自己毕业当年，蹦蹦跳跳地到单位里报到，哈，我走路一直很精神气儿的，有同学形容我的走路姿势是麻雀，一跳一跳的，不知道是不是这样子？但这样子说的有几个，那么麻雀就麻雀吧，这里公开一下我的绰号，以后请叫我徐麻雀也无妨。当时，这只麻雀见到了单位某领导没有及时问候称呼，被某领导说成眼界高。其实真心地讲，我这人患有脸盲症，对于人脸的识别能力很欠缺，何况领导脸上又没有写着职位，对我而言，整一个陌生人，如何去正确地称呼？但自此以后，我见着人就尽量礼貌地点头微笑。这也是一个成长吧。

时间会改变一切，终于，你成了前辈，不再年轻气盛，眼瞅着就奔着大妈大婶而去。——这是冯雪梅在她的作品《你可以青春不再，但未必满脸平庸》里说的。然后，她还说：总有那么一些不甘心，这些不甘心，就变成朋友圈里"再不疯狂就老了"的情绪宣泄，变成了对法国时尚"老妖精"们的羡慕嫉恨，变成在世界美景的图片中畅游。然后，她又说：你可以青春不再，但未必满脸平庸。从你的举手投足间，可以看出你的心态，你的教养，你心灵的贫富，你生命的厚薄，这一切，与是否年老无关。

深以为然。是的，红颜易老，转眼我也成了大妈大婶。但自我觉得，我的内心依旧一如当年的那只麻雀，兀自在自己的世界里蹦蹦跳跳。一过二十余年，疯狂与否，人都会老去，羡慕嫉恨，也都是人家的，而世界美景，你在图片中畅游，你在实景中游荡，那都是经历，现实与虚拟之间，必定一往无前的，是时光。

时光在前行，年华在流逝。朱自清在他的散文名篇《匆匆》里说：去的尽管去了，来的尽管来着；去来的中间，又怎样地匆匆呢？——是呀，过往的时光里，回转头，会越发惊觉时光的匆匆。单位里的同事，一个接着一个地退休，也有新的同事，一个接着一个地汇入这个集体。总在吐故纳新，你留恋也罢，不舍也罢，有一天，自己也会成为那个流水的兵，将这个铁营盘设置成回忆的模式。

怀念那些已退休的同事。我记得有一年我的手受了伤，是老 Z 帮我洗的头，她很细心温柔地洗干净我的头发，还帮我用电吹风吹干，让我惬意地享受了 N 星级的服务。在服务站工作的那些时日里，老 K 给大家烧干菜鸭吃，很是美味入胃。而老 B 总是用欣赏的眼光看我，说这个姑娘长得玲珑，让我有了点信心，不再担心自己海拔低，后来找了孩子爸爸做先生。这里给大家说个小秘密，我们拍婚纱照时，当时摄影师搬了一块砖垫在我的脚下，我俏央央地站上去，可还是够不着孩子爸爸，摄影师就又去搬了一块砖。——所以，诸位，我是一个脚底下需要垫两块砖头才能拍婚纱照的主儿哦。

还有老M，和我一向以来是忘年交，当时和我说过两年就要退休了，可现在，她已经退休快两年了。还有老L，是我的婚姻介绍人，我和孩子爸爸的认识，是她牵的线，现在也退休大半年了。当然，老H还在，她是地头蛇，当年她一句：发动群众，解决问题。就把我的个人问题解决了。所以，在此真心感谢她们。若没有老H和老L，海拔这么低的我，估计到现在也成不了家，成为一名特级剩客，这种可能性是很大的吧？

那么，感谢时光，让我有家，有单位，有亲友，有同事。我絮絮叨叨地在此回忆，只是因为今天是正月初一的时节，而我在值班。从除夕开始值的班，从猴年值班到鸡年，将于初四早上才能下班。今天白天，我的先生和女儿，来探望了我两次。譬如探监，总会让牢笼里的人接触到新鲜的事物，有一丝丝清新的风儿，吹面会有温热，心里会有暖意。

但我知道，单位病房里的那个无名氏，依旧是一个无名氏。新春佳节，并没有她的亲人前来认领她。年前，病房里的护士长想策划写一个文稿，想通过网络呼吁寻找无名氏的亲人，让老人家在春节能够和家人团聚，过一个祥和的新年，这个策划后来因故搁置了。

其实，当一个人能够抛弃自己的母亲，置自己母亲的生死于不顾时，你别指望他能够良心发现，幡然悔悟，主动前来承担应尽的责任和义务。其实若真要寻找无名氏的家人，民政部门出面或许是个办法，但现在民政部门只管出钱医治这位老人。病房里有医生，有护士在，在他们的精心照料下，老人现在的意识是比较清楚的，也会说一两个简短的词语。护士长说，老人是知道家里人抛弃她这件事情的。

老来无依，是怎样的凄凉晚景呢？老人作为一名无名氏，已经成为一个符号，这个符号的名字叫做绝情。也许，老人的意识里，依旧护犊情深，明知亲生子女抛弃了自己，索性就装聋作哑，不讲出实情，就在医院里终老，以免增加子女们的负担，这种可能性，也是存在的吧？

　　记起来一个高龄患者，年前来拍片检查，大家以为她没有知觉，但就在众人准备抬着她从手推床上转到摄片床上时，老人忽然清晰地说了一句：会冷的。是的，手推床床面是垫着床垫的，而摄片床上是没有床垫的，普通的意识，会觉得摄片床上肯定很冷。但其实摄片床并不冷，热空调开着，风向就对着摄片床，那床面摸上去其实是温热的。

　　而在此之前，大家一直以为老人接近无意识状态。所以对于老人的突然说话，都觉得惊奇。

　　但愿这位无名氏，也有开口清晰说话的一天吧。

　　鲁迅曾说：无尽的远方，无数的人们，都与我有关。而我在这冷寂的夜里，外面的年的喧嚣都与我隔绝了，在患者的来来往往中，从除夕到初一，年，就这么过了。

　　用鸡年春晚很流行的一句话总结，颜值越高，责任越大。反过来说，我现在责任很大，是不是就可以说，我的颜值有点儿高？

　　和诸位自认为高颜值的人儿共勉吧。新的一年里，愿您鲜衣怒马，得意畅欢，吉祥如意，岁月静好，爱情亲情永在。

　　此刻，请把时光，设置成过年的模式。

父爱如山，师恩如母

"人生的长链，不论是金铸的，还是铁打的，不论是荆棘编成的，还是花朵串起来的，都是自己在特别的某一天动手去制作了第一环，否则你也就根本不会过上这样的一生。"狄更斯在《远大前程》里如是说。

想来也的确如此。于我而言，这特别的某一天，是当年中考的时候，选择了赴卫校就读，然后一直到今天，我以医生的职业行走于世。

但若问初心，我的理想是成为一名教师。可惜造化弄人，师范素质考时，我被刷了下来，缘由是我唱歌唱得不好。

我心里经常自恋地想，由于我的五音不全，从此，这世上少了一位让学生们爱戴的老师。

第一次见到夏老师自杀这则消息，是在一个作协群里，分享者是一位退休教师。文中详细叙述了2017年4月6日夏老师因学生何某作业潦草而用教鞭体罚学生后所遭遇的一系列事件：

4月9日，何某家长发现孩子臀部的淤青后，联系夏老师并向学校投诉。

4月10日，家长报警并向教育局反映此事。教育局正副局长随即赶赴学校，会同学校班子一同处理此事。

4月10日派出所将夏老师带至派出所进行训诫，直到11日，在派出所训诫期间，教育局及学校亦派人前往对夏老师进行训诫。

4月10日上午，教育局召开专题党组会，下午在学校组织全体教师召开师德师风专题整治会。同时对夏老师提出包括记过，调往偏远小学任教，书面检查并向学生家长当面道歉及承担医疗费用等。

4月11日学校派两名教师陪同前往成都华西医院诊治，校长拿出30000元钱让学生家长先看病，后结算。医生诊断为皮下软组织损伤，三七片口服即可。

4月17日，老师悬梁自尽了。

戛然而止。一位教师以命相抵体罚的过错，其中巨大的真空感让知晓此事的人愤怒或者悲哀几近窒息，相信很多人都不会无动于衷。

后来茂县教育局对此事件做了回复，从回复的条文中：茂县教育局对夏老师工作中的不当行为进行了严肃处理。那么上述应该都是事实，唯一的谣传是夏老师的自杀。

夏老师没有死。他被发配到偏远的学校任教了，依旧在这个世上教书育人，即使情绪不稳定，也得稳定的样子了。作为一名教师，我相信这个事件必定会在夏老师的人生历程里留下久远的影响，他的教鞭，从此必不会因为学生的字迹潦草而再次落在学生的屁股上。这世上，从此多了一个循规蹈矩的教师，那根教鞭将成为达摩克利斯之剑，时刻悬挂在夏老师的头顶，闪着诡异的寒光，告诫夏老师：

你的教鞭打在学生屁股上，会惹来各级各部门的迅速而严肃的处理；学生的巴掌打在你的脸上，各级各部门也许会象征性地抚慰你，也许什么都不会，血泪你就自己咽下去吧。

这意识形态里的教鞭，从此也敲打在了很多人的心头。

已是六月将末，即将到来的毕业季近在眼前，让我想起了女儿幼儿园毕业时的那些日子。

在学校的小广场上，孩子们穿着红红的园服拍摄毕业照片，手捧气球参加毕业典礼，年少不识离别愁，只是热火朝天地参加着节目。

毕业典礼结束，老师通知大家回到各自教室领取孩子们的午休用品。

女儿当时是大（4）班，到了教室里，大（4）班的王老师和田老师正在教室一角给大家分发小被褥等。这个小被褥是学校里统一购买的，颜色规格统一。走到近前，王老师和田老师只是埋头递给我一床小被褥和一只小枕头。我觉得奇怪，再一细看，却见王老师和田老师眼里淌着泪水，那些泪水如串珠般一直不停地往下流，原来两个人都在哭。

我瞬间明白了眼前的情景，两位老师一定是舍不得这些孩子的离开，所以一边分发被褥一边在难过呢。

我的眼里也一下子涌出了泪水。对两位老师说了一声谢谢，然后一手抱着被褥，一手拉着女儿的手，对老师说再见。

那个七月，我的眼睛总是涩涩的，仿佛毕业的人是我。

王老师和田老师，我在心里一直都记着她们的好。

那床幼儿园的小被褥，我放在单位值班室里，夏天的时候盖很合适，一直用到今天。转眼这么多年过去了，我的眼前依旧会经常回想起当年的情景。

一定是心地善良，尽心尽责的老师，才会真情流露，对眼前的离别难过泪目。

年少时会有很多欢喜，也会有很多委屈。

记得自己小学时，有一次，已经记不清是什么缘由，大概是班里一位同学，因为家长是某领导，老师对该学生就颇多照顾。

那天不知是什么事情，——时光过得久远，委实记不清具体的情节，只记得那天的书法课上，我满纸写下的是"某师包庇"的字句。后来上交书法作业，老师当堂批改的时候，当然是见到了这满纸的"某师包庇"，他把这些字眼全部用红笔圈了出来，然后把我叫到讲台前询问。

那天老师很生气，说话的声音都有点发颤，我呢，则很倔强地默不作声，就是死不认错，也不辩解。师生就这么对峙。书法课是下午最后一节课，挨到放学时分，老师才允许我回到自己的座位上。

那本书法练习本，后来不知道丢哪里去了。在小学和初中，我一直是班长，是老师眼中的好学生，这是我学生生涯中唯一的一次罚站，所以记忆犹新。

后来渐渐长大，我总在反思这件事情，经常想，那次老师到底做了什么事情，让我把所有的委屈化成这"某师包庇"？往事却已模糊，那因缘在记忆深处再也捉摸不到事实的影子。

人已中年，回头顾盼，走过了那么多的路，跨过了那么多的桥，知道了人活世上，总有许多的不得已。年少时以为的不公平，也许就是某师的不得已。

我愿站在中年的转角处，让年少时的自己，让那个站在讲台前的少年，向某师说一声抱歉。某师姓徐，和我是本家，此刻，就让那个耿直的少年诚挚地说一声："徐老师，对不起！"

这不是妥协，而是对人性的谅解。

如果父爱如山，那么，其实师恩如母。

所以夏老师的教鞭会挥将下来落在你的屁股上，所以王老师和田老师面对离别会止不住地泪流满面，所以徐老师面对学生的反抗或者质疑会气得声音都发颤，但在事后，依旧会温言软语地对待你。

也许你难过，也许你委屈，也许你悔恨，也许你舍不得，但在往事的记忆里，她们彼此纠缠在了一起，让你的内心有一种真实的疼惜感。让你在今天，想起了美剧《年轻的宗教》中的 Lenny 说的一句话：

请记住我们灵魂真正的模样：很轻微，却美好，更是自由。

这是我们为人行事彼此尊重的支点。

昨天上午把我气炸了！同时也很难过！

一个两周岁的男孩子来拍片，拍完写报告时，看到孩子左侧锁骨骨折了，我们的医生就先口头告知家长孩子骨折了，让孩子不要乱动，以免骨折情况更加严重。

家长是一位老人，衣着朴素，一手挽着一个编织袋样的挎包，一手抱着孩子。另一个是孩子的妈妈，三十岁左右的年纪，衣着时尚。

一听说孩子骨折了，两个大人呆了呆，等孩子的妈妈问清楚了骨折的部位，然后不可思议的事情就发生了：

嘭！

很大的一个声响，把在候诊厅里的人都吓了一跳。出去一看，原来是孩子妈妈把手上的包很用力地摔在了地上，包在地上弹起来，碰着了CT室的电动门。

然后孩子的妈妈声嘶力竭地冲着老人大喊：

滚！

滚回台州去！

你怎么带孩子的啊！

给我滚！

老人当时一声不吭，只是抱着孩子，孩子也被吓得连声响也没有，不哭也不闹，只是缩在老人的怀里，盯看着愤怒的妈妈。

我看到老人的眼里，已有泪水盈眶，只是那眼泪在泛红的眼眶里，是不敢掉下来的样子。

我对孩子的妈妈说：

你这样子有意思吗？孩子已经骨折了，也是没有办法的事情，你这样子又不能解决实际问题，还是快点把孩子诊治了才是正事。

再说了，有哪个老人会不宝贝自己的孙辈？！

但显然孩子妈妈的愤怒不可遏制。她丢下老人和孩子，猛然往外头走，走了一截路，又突然回过头来，捡起摔在地上的包包，继续怒气冲冲地往外走。

我让老人抱着孩子坐到候诊椅上，不要乱动孩子。然后问了她一些情况，才知道这位老人是孩子的奶奶。今天早上，怀里的孩子与他姐姐在楼上一起玩闹，她在楼下忙，也不知道孩子到底是怎样了才受伤的。

祖孙俩抱着坐在候诊椅上，一个委屈样，另一个害怕样。我劝慰老人，让她坐着，我去找她儿媳妇。

到大门口，孩子妈妈正在大声地打电话，听得几句是在说：你儿子骨头断掉了！你妈怎么怎么的话语。那应该是在给孩子的爸爸打电话。

我其实看到她也很生气，但我不再多说，只拍了拍她的后背，让她去接孩子和老人。这回她倒是点了点头，只是依然是压抑不住的愤怒表情。

后来她总算接了老人和孩子走了，她走在前面，后面老人抱着孩子默默跟在后面，正如她们进来时的样子。

看着老人的背影，我内心里非常难过。台州距离绍兴 200 余公里，她离别家乡，离别老伴，前来于她而言陌生的绍兴，住进儿媳妇家里（老人说他们一家子都住在儿媳妇的娘家的），做牛做马，为儿子媳妇忙活，为孙子孙女忙活，堪比保姆。

只是老人并不是保姆啊，退一步，即便是保姆，也不能由得人这么发脾气吧！显然老人素日里是被责骂惯的，她只是不吱声，只是让眼泪在眼眶里打转也不流下来。

今天的事例里，显然孩子的妈妈是一位很不成熟的女子，不说孝顺吧，连对老人基本的礼貌与尊重也没有，亏她已是一儿一女的妈妈。候诊室里的人都是唏嘘不已。

"人生最甜蜜的欢乐，都是忧伤的果实；人生最纯美的东西，都是从苦难中得来的。我们要亲身经历艰难，然后才懂得怎样去安慰别人。"

电影《桃姐》里，Roger少爷与桃姐的相依相伴，在桃姐生命的晚年，在最后的岁月里显现出来的不是亲情胜似亲情的挚爱，感动了许多人。吸奶嘴有时，入棺材有时，每一个人，最后其实都是人生短，行路难，日向晚，声声慢。而亲情的存在，是人生多么厚重的支撑，无论是物质的还是精神的，在亲情面前，任何苦难，都可以是风雨无阻，所向披靡的。

而今天的这位女子，在大庭广众之下，把亲情践踏于地，也把自己的品行置于地面之下。其实让她扪心自问，她也有儿有女，将来她的儿子的妻子，如若亦以其人之道还治其人之身，与今日相仿，不知她亦会是含泪忍受，还是据理力争？

遇事一时乱了分寸可以理解，但遇事则迁怒于人，特别是迁怒于任劳任怨为了子女牺牲自己安宁生活的老人们，这位孩子妈妈，你的怒气，是否可以就此止步？你口里的一声"滚"，是否可以从来未曾出现过？

你养我长大，我陪你变老。而事实是，有相当一部分的人，你养我长大，再养育我的子女，都成了天经地义想当然的本分。子女懂得感恩还可，你的付出总有亲情的回馈，子女若是白眼狼，叼走了你的所有，然后震耳欲聋一声："滚！"

　　——你又当如何？又能如何？

《太阳的后裔》里，宋仲基给宋慧乔戴项链，宋慧乔娇羞地说自己会戴，宋仲基随即低声说道："谈恋爱本来就是，自己能做的事，对方非要为你做啊。"然后，俯身给宋慧乔戴好了项链。

宋仲基说得对极了，自己能做的事，对方非要为你做，这就是恋爱的模样呀。

恋爱时，情到深处，立也相思，坐也相思，恨不得为爱人做尽一切琐事。

而成婚后，浓情蜜意，情比金坚，以元初才女管道升的小曲《你侬我侬》为最：

你侬我侬，忒煞多情；情多处热如火。把一块泥，捏一个你，塑一个我。将咱两个，一齐打破，用水调和；再捏一个你，再塑一个我。我泥中有你，你泥中有我；我与你生同一个衾，死同一椁。

好一个情多处热如火，他和她融化了有木有？

而就爱的誓言而言，以《上邪》最为著名最为决绝：

上邪！

我欲与君相知，

长命无绝衰。

山无陵，江水为竭，冬雷震震，

夏雨雪，天地合，乃敢与君绝！

一字一句，夺人心魄。反正，每次读到《上邪》，我都不由自主地会肌肉绷紧，表情严肃，在心里举起了拳头，仿佛自己也在宣誓一般。

表白的方式有很多种，但是，再浓情蜜意的表白，再赌天咒地的发誓，也不及，你为她做贴心贴肺的事。

她说口渴了，你立马把一杯水递给她，她当然自己也会去倒水喝，但是，你递给她的水，里面有爱呀，比自己拿的喝着更滋润。

她说冷了，你立马帮她添加衣物，她当然自己会去拿衣服，但是，你拿给她的衣物，里面有爱呀，比自己拿的更温暖。

……

我需要你的时候，你在。我的意会，你都可以领悟。"我会化成人间的风雨，陪在你身边。"这是《大鱼海棠》里，湫对椿的承诺。

他愿意和你风雨相随，愿意为你遮风避雨，在一起，就是最好。

单位在给街道内的育龄妇女健康体检，从 18 岁到 60 岁，都属于检查的年龄范畴。

每天检查 200 左右人次，连续了数月，上万人的检查，有时候在长长的体检排队队伍中，花花绿绿的女子中间，会有几个男子，恰如红花丛中的绿叶，格外清新惹人注目。

这几个暖男，是陪老婆来健康体检的，他们先来排队，好让在做别的检查项目的老婆届时少等候。而一起过来的，有些会贴心地自己排队，让老婆坐在旁边的候诊椅子上休息。

这些男子其实都是宋仲基啊，他们嘴上不说宋仲基的撩妹语录，但用实际行动，满满地践行着"自己能做的事，对方非要为你做"的爱情理念。

这是一对老夫妇。她几年前因肺癌手术，瘦得皮包骨头，所幸治疗及时，癌细胞也没有扩散转移，活了下来。平素就当她是宝贝的他，在术后更加宝贝她。特意提前退休全程360度无死角地照顾她。

要是没有了她，家就不成家了啊。他说。谢谢医生们，谢谢救命恩人。他说。是很真心实意地说。

每次来复查，两人都是携手前来。他挽着她的胳膊，像一个大哥哥领着一个小妹妹，虽然已两鬓斑白，但她真的就像一个小妹妹，那神情恬淡而信赖。拍片子要脱外衣，他必定替她拉开拉链或者解开纽扣，然后再小心翼翼地替她脱掉外套，她就浅浅地笑，听从医生的安排做检查。

她是内心安详呢。我甚至想，她若皱皱眉，他也一定会想法子立即去抚平那些皱褶的吧。

她现在恢复得很好，人不再瘦弱，丰腴了不少，一点也看不出动过大手术的样子。

他是属于她的宋仲基。

我的眼里，看到了他们的爱情。

想来所有的宋慧乔，都希望有一个宋仲基，对她喃喃说："谈恋爱本来就是，自己能做的事，对方非要为你做啊。"

然后，言行一致，既说，也做。

有爱在，即便喝凉水，那水也会是甜的，也会是有温度的。

然后所有的宋慧乔，都是幸福的宋慧乔，而所有的宋仲基，也都是幸福的宋仲基。

真的，爱情本来就是，自己能做的事，对方非要为你做。

此生足矣

前几天回老家，顺便买了些对虾和螃蟹，对虾鲜活硕大，团脐蟹黄饱满。烧煮好后陪父母一起吃饭。吃饭的时候，母亲说今天的对虾和螃蟹味道都很鲜，我自夸说是我火候掌握得好，烧得恰到好处的缘故。这时父亲拿着差不多一手掌长的对虾，说，这么大的对虾，换做以前，看也看不到，有钱没钱都买不到呢。

"现在的生活好，真的在享福啊！"母亲喝一口黄酒，吃一口虾蟹，接口感慨，一副"有酒蟹，此生足"的模样。

看着父亲母亲欢喜地吃喝着，不经意间触动了我内心深处的记忆。

父亲母亲都是普普通通的农民，生有二女一子，我是老二，上有姐姐下有弟弟。父母经历了生产队的集体劳动挣工分，经历了分田到户家庭联产承包责任制，经历了村办企业三班倒打工挣钱，辛辛苦苦把我们姐弟三人养育成人。

父母养育我们时的辛劳，回首时仍历历在目。记得我刚上小学时，有一天生病发烧了，父亲早上做了稀饭，然后特意去村口菜市场买了根油条，剪成一小节一小节的，放了点酱油和小葱，用开水一冲，就是喷香美味的油条汤。这油条平时父亲是舍不得买的，那天是为了让我胃口开一点。虽然感冒鼻塞，但是我还是嗅闻到了油条汤的香味，把碗里的稀饭吃了个干净。吃完早饭，姐姐上学去了，父亲把我和弟弟放在竹箩筐里，用扁担一前一后挑着，去地里干活。当时父亲挑担时有一段路要路过学校，有几个同学见到我就远远地和我打招呼，我昏昏沉沉地应答着。记得那天是在田地里垫着稻草睡觉的，有阳光，很晃眼。记忆里油条汤的美味，竹箩筐的晃晃悠悠，同学们此起彼伏的叫唤声，以及稻草中夹杂的泥土味和耀眼的阳光，都在我的童年里留下了深刻的记忆。

还记得姐姐上财会学校的时候，每月需要生活费。当时母亲一有空闲就给花边站挑花。挑花也叫绣花，是村里女子们赚取家用的一种方式，当时农村女子几乎人手都有挑花的手艺。挑花胜在工具简单，一针一线一花样即可。母亲总是徒步半个多小时，到乡里的花边站选好花边式样，然后依样子用针线绣好。其实母亲对于手工活并不十分擅长，日夜赶工，一幅花边大概需要一周时间，有时候去交付了不合格还得退回来重新返工。记忆里许多个夜晚，我睡醒过来依旧看到母亲在灯下穿针引线，一手按着花边，一手不停地一起一落，被昏黄的白炽灯照耀着，投射成墙壁上一晃一晃的剪影。白天时挑花只能见缝插针，而且容易弄脏，晚上的时间比较充足，所以换取手工费的花边，基本是母亲牺牲睡眠时间来完成的。我后来读卫校离家，想来自己当时的生活费，很多亦是母亲夜以继日挑花赚取出来的吧。

生儿子是父亲的执念，所以在生了姐姐和我两个女儿后，在计划生育刚刚实行还不是很严格的当口，母亲怀了第三胎，这次终于生下了弟弟。弟弟由于是超生，后来5年黑户，上不了户口。当时没户口的，生产队就不发东西。父亲在所不惜，在母亲生下弟弟的当日，还欣喜若狂去田埂上走了一圈，高喊："我有儿子了！我有儿子了！"父母虽然生了儿子时很高兴，但对于我们姐弟仨还是一视同仁的，尤其在教育上，总对我们说，你们好好读书，我们会供你们读书读到你们自己读不下去为止。

父母是这么说的，也是这么做的。在有些家庭早早让子女去工作赚钱时，父母供我和姐姐至中专毕业参加工作。而弟弟由于自己不甚喜欢学业，初中毕业时，父亲拿钱给他，让他报名参加中考，他却拿了这些钱买了点菜回家，和父亲说不去参加中考了，考试通过的概率不大，这钱还是买菜孝敬孝敬您的好。父母笑骂了弟弟几句，也没有勉为其难，自此弟弟就比我更早地走上了工作的道路。

2021年三胎开放，大家基本实现了生育自由。说真的很感恩父母当年义无反顾地生下了弟弟，让我既有了一个好姐姐，也有了一个好弟弟。姐姐是长姐，自小就照顾弟弟妹妹，颇有长姐风范，自不必说。弟弟年纪轻轻就走上工作岗位，一路打拼，现在和弟媳在上海工作。2018年在老家附近的新房装修完成，宽敞明亮，温暖舒适。之所以买在老家附近，是为了父母在老屋和新屋间走动方便。

弟弟很孝顺，会给父亲刮胡子，剪指甲，给母亲倒酒盛饭都是他的事。父亲年轻时能够喝点酒，后来有胃溃疡，就戒了酒，后来胃好了也不爱喝酒了。而母亲基本餐餐会喝一点酒，所以家里酒不断，弟媳看酒快没了就会又准备几箱存着让我母亲喝。我们一大家子相聚时，总是弟弟掌勺，如果弟弟不在，就是姐姐掌勺，而我这个老二，有姐姐和弟弟在时，总是能够"退居二线"做吃饭师傅，成为一个幸福的老二。当然，如果姐姐和弟弟都不在，那是我掌勺的，也许是穷人的孩子早当家，我们姐弟仨基本能烹饪一二的。

2017年，老家的农田被回收，父母成为失土农民，我们姐弟仨为父母一次性补缴了养老保险的钱。这一年父亲69岁，母亲65岁，父母也成了每月有养老金可以领取的退休老人。两老很高兴，说眼睛一睁就有钱呀，这样的日子让人感觉踏实，放在以前，真的不敢想。

但农民对于土地的眷恋是根深蒂固的，父母居然花钱又去承包了一亩地用来种菜，种青菜、毛豆、玉米、番薯等，自己吃，富余的去村里的菜市场售卖。后来更是把卖菜当成了主业，起早摸黑地种菜卖菜。我和姐弟屡次劝说父母，现在生活条件好了，不需要如此辛苦了，真的想种，在自由地里种一点自己想吃的菜即可。但老人家固执，嘴上答应得好好的，一转身照样我行我素，成了老小孩样。我后来也想通了，逐渐理解父母的行为。也许田地里的劳作对于父母来讲，是他们习惯的生活方式，孝顺孝顺，顺就是孝，只要他们力所能及，只要他们乐在其中，就尊重他们的生活吧。

这5年里，我们姐弟仨的孩子们相继考上了大学。大外甥女本科毕业工作后，和大学校园里相恋的男友结了婚，这份美好的校园恋情得以有了美满的结果。2021年7月1日，两人的爱情结晶出生了，小名团团。我们姐弟仨生的都是女儿，大外甥女头胎生了个儿子，让太公太婆甚是开心，姐姐也升级成了外婆。当时父亲因病手术，正在术后恢复期，经常望着家族微信群里团团的视频或者照片，然后对着屏幕"团团、团团"地叫。大外甥女带团团去看望他时，他抱着团团舍不得放手，眼神里满是欢喜。父亲术后能够顺利康复，和这份含饴弄孙的天伦之乐定也有关联的吧。而2022年9月19日，大外甥女又喜添千金，小名汤圆，凑成一个"好"字，小家庭更欢闹了。

说起父亲的手术，是2021年5月份的事情，父亲是在上海一家医院住院手术的，现在城乡都有医保，父亲在医保里报销了一部分医药费，然后当年年初越惠保推出，我给父母都购买了。没承想居然派上了用场，在越惠保里又报销了一部分。整个手术下来，自己只支付了差不多三分之一的钱。我们一家都念叨现在的医保惠民政策好。父亲术后至今，复查身体恢复得挺不错。当年生病时体重只有116斤，现在成功增重至近150斤。身体好，吃虾吃蟹都味道好。而2022年起，柯桥区为全区70周岁及以上及符合条件的老年群体统一购买了越惠保，给老人们多一份保障。期盼父母身体健康，能够多陪伴我们几年，能够看着小辈们一个个学有所成，一个个开枝散叶。我想这就是老百姓所期待的幸福生活吧。

忽然想起习近平总书记在党的二十大报告里总结的一句话：

我们深入贯彻以人民为中心的发展思想，在幼有所育、学有所教、劳有所得、病有所医、老有所养、住有所居、弱有所扶上持续用力，人民生活全方位改善。

诚哉斯言！我们一家，只是中国万千家庭中很普通的一家，而由衷地感受体会到了家庭生活全方位的改善进步。新的征程已经起航，我想未来的日子，一定会越过越好！

我和母亲碰了碰酒杯，温润醇香的黄酒在舌尖流转片刻，转瞬潜入胃底深处。看母亲在剥蟹，看父亲在剥虾，我也拿起一只大虾剥起来，兀自低首一笑。是呀，有父母在，有姐弟在，有各自的美满家庭在，兼有此酒蟹，此生足矣！

第五辑

润物细无声

幼儿时期，我们要尊重幼儿的发育特点，不要拔苗助长。

比如练习写字，不要在小小班或小班等时期硬着让孩子学习写字等。6 周岁以后的孩子才适合学习写字，这是由孩子的腕关节和手部的发育情况所决定的。但是，你可以让孩子们拿起笔，抓着笔，握着笔都可以，孩子喜欢怎么拿就怎么拿，给他笔，给他纸，他喜欢画就画，喜欢划来划去就划来划去，重点是培养他画的兴趣。而且涂鸦的乐趣，对孩子们来说，是其乐无穷的事情。家里有小孩的人家，很多墙壁上都有孩子画画涂鸦的大作，画面很写意，女孩子可能画个圆圈就是代表的一个娃娃，男孩子可能画条直线代表的就是枪炮。

涂鸦，其实就是为后面的书写创造锻炼的条件，同时也是对美术兴趣的一个培养。我女儿幼儿园时期就很喜欢涂涂画画，后来她对素描感兴趣，小学和初中时课余学习了几年，还考取了浙江省学生艺术特长水平等级考试西画特长 B 级证书。

还有一点，大家有没有发觉，现在家里说普通话的很普遍？导致有些孩子听得懂绍兴话，但不会说，这其实是很可惜的。

孩子 2 至 3 岁是口语的关键期，生为绍兴人，要让他学习普通话的同时，亦注重绍兴话的学习。原汁原味的绍兴话，其实很多是古语，比如，来哉，去哉，文言文中的语气助词，在绍兴话里很常见。有些土话很有韵味，比如：眼花落花，猫拖酱瓜。喇倒做，候习话。阴嘻嘻，阳泡泡。话过忘记，吃过肚饥。做人来嘻嘻，迟早要居起。这么好听有意蕴而且朗朗上口的语言，作为家长，希望我们能够自觉地一代一代传递下去，不要让本土语言文化出现断层。

我女儿小时候我们教她绍兴话，她有时候会半普半土地给我们来几句"杂交语"，比如"地下"，记得有一天，有什么东西落在地上了，她用小手指着地上和我说"地 he"，说了好几遍我才反应过来她的意思，把我笑得脸酸疼，她也开心地拍手大笑。

我们的孩子会长大，长大后有些会留在本地，有些会去外地，有些也可能去国外。那么，能讲一口纯正的绍兴话，既听得懂，也能够说，在本地的，会更有融入感，去外地或者去国外的，也是一份乡愁和故土文化及传统的寄托。教会孩子们绍兴话这个方言，是我们身为绍兴父母的职责之一。让我们身体力行去有意识地培养孩子的这个"母语"。

我女儿上幼儿园的时候，其实已经能够认识不少文字。文字的学习，可以在游戏中学。当时我自己做的卡片，一张卡片写一个字，散乱地抛在她身边，念一个字，捡起写有那个字的卡片，我自己念，自己捡，然后慢慢地让她捡。不要把学习弄得一本正经，幼儿时期，在玩中学、游戏中学的效果更好。

除了卡片式的学习，也可以在马路上，指点店名什么的，让孩子认，孩子们会很乐意认识那些店名的，无形中就学会了不少文字。

4-5 岁是孩子书面语言的关键期。学会认识文字，尽量多地认识文字，有个一定量的积累，这不是拔苗助长，它的好处有很多。

认识文字，就阅读而言，孩子看得懂书籍，就会明了文字后的含义和故事，就会发现阅读的美，就可以独立阅读图书，获得更多的知识和阅历，以此发现书籍背后更宽广的世界。

功利一点讲，上小学后，字词积累多的孩子，更容易更快投入学校的学习，不论语文，即便数学也是一样的，会更容易理解题目的意思等。

而孩子文字的积累，需要家长们投入较多的精力和耐心，这期间你急不得，真的，日复一日，只要你锲而不舍，就能够看到孩子聚沙成塔，集腋成裘后的欣喜。让孩子多积累文字，让孩子增加阅读量，这是你给孩子打开了让他受益无穷的一扇窗，这件事情，是你可以做到的事情，也是作为家长的责任。我女儿在上幼儿园时，她的识字量已经让她能够看得懂没有彩图的全是文字的故事书。

这个是日积月累的过程，不是一夕之功，但最终时间会给予你所期待的收获。

经常有家长朋友来咨询我，自家孩子不爱阅读，怎么办？

其实我很想问一句，你自己有没有经常在阅读？或者，你自己有没有在孩子孩童时代时，抽出时间来陪伴他阅读？

也许你会说你很忙，没有时间，但其实，作为成年人，要养家糊口，要生活要社交，大家都差不多。但是，为了孩子的成长，言传身教，是建立良好家庭教育的捷径之一。言传身教，很多时候就是让孩子喜欢上阅读，让阅读成为一生习惯的密钥。

孩子们是天然的模仿者，关于如何让孩子喜欢上阅读的问题，请记住以身作则、潜移默化这八个字。即便你再不喜欢阅读，也请在孩子阅读的时候，你也拿一本书看，尤其在他幼儿园和小学时期，陪伴阅读还是很重要的，共同阅读，这也是你和孩子增加交流的一个机会。喜欢阅读，学好语文是一辈子的事情。

因为书是甜的。很多人都知道犹太人的这个故事。就是犹太小孩子刚刚懂事时，犹太父母会在书上滴一滴蜂蜜，然后让小孩子去嗅吻。小孩子嗅吻了书籍，会发现书原来是甜的！

书是甜的，这是孩子最初接触书本的感官印象。犹太人的这个仪式用意深远：爱书，爱知识，书籍会给你带来甜蜜的感受，也会给你带来甜蜜的人生。

那么，如何让孩子去发现书籍的甜美呢？你首先得给他书籍，是吧，让他多多接触书籍，这是第一步。

我女儿很小的时候，我就买那种一元一本的图画书，当然，现在这个价格估计不够了，一买就几本十几本的。我把书放在她够得着的地方，同时给她讲画册里的故事。起先，她拿到书是看一本撕一本，书撕得到处都是。我就任她撕，撕呀撕，锻炼手劲，而且看她把书撕成长长短短的各类形状，也蛮有意思的。

让孩子心情愉悦地接触书籍，这是第二步。

其实慢慢地，等她看得懂书上的故事和含义了，她才舍不得再撕书了。爱上阅读，学会爱护书籍，就是幼小时给她书、任她撕书的目的所在。撕书与爱书，看似矛盾，其实一点也不矛盾。不要心疼那几本被损坏的书本，也不要在她抓着书本玩兴正浓时打扰中断她。我女儿到现在，看书时都用书签，舍不得书上有折痕的。给她书，她才有机会爱上书，看书觉得愉悦，她才会继续阅读，这个道理很浅显，适合所有的孩子。

我想现在家庭里一般都会有书柜，这是很好的事情。众所周知，书柜是摆放书籍的所在。所以，请不断充实家里的书柜。然后，在孩子幼小时，请把书本放在孩子随时可以拿到的地方。

幼儿园了，尤其是幼儿园大班了，孩子们一般的图文阅读能力应该是有了的。现在书籍的获得应该是很方便的事情，除了购买书籍，大家可以充分利用图书馆的资源，多多勤加借阅书籍。也可以带孩子多跑新华书店，或者邻近的城市书房。

我工作后，那时候还没有公共图书馆，就经常在休息时跑去新华书店蹭书读。那时候还没有手机，记得有一次，我们医院的一个同事找我有事，那天我休息，那时候我住医院的宿舍，医院里找不着我，他寻思着我可能在书店里，就跑到书店里来找，果真就找着我了。

家里要有书柜和书架，书柜和书架上要有尽量多的书，然后分批把书放在孩子够得着的地方。近朱者赤，近墨者黑，有书香满屋的家庭，不愁没有爱阅读的孩子。

我女儿在幼儿园和小学的时候，经常去的地方就是图书馆。我认识的一个朋友的孩子，是个男孩子，现在是小学生，我认识他的时候他还是幼儿园大班的学生，他们家长的教育方式，就是平时休息日时和孩子一起泡新华书店。然后家长去绍兴办事了，就把孩子丢在绍兴的新华书店，去杭州办事了，就把孩子丢在杭州的新华书店。我们曾经对他爸爸说，这么小的孩子你放心让他一个人在书店里吗？他说完全放心，即便丢了，他也会看着地图回家来的。他还举例说，有一次，在杭州办事，一个上午过去了，他的事情还没有办完，中午时就接到了孩子的电话，孩子通过书店的店员，打电话给他了，说饿了，想他了。他告诉了孩子一个地址，那孩子还不打的，是通过公交车坐车寻找到他爸爸那里的，事先他在孩子口袋里放有一点钱的。

是什么给了那家长一个如此的底气呢？是孩子所已获得的知识，以及由此所获得的生存经验，和家长平时有意识的引导。我测试过这个孩子，真的是上知天文，下知地理，我知道的他知道，我不知道的他也知道。长期浸淫在书的海洋里，就是可以有这么牛。

所以，在孩子幼小时，教会他认字，把他领进阅读的大门，给他书，家里的不够，给他图书馆，给他新华书店，后面，就如多米诺骨牌一样，这孩子会如海绵吸水般源源不断地汲取各类知识。真的，阅读是终生的习惯，喜欢阅读的孩子未来发展都不会太差。

所以，请多阅读，并且要读好书，要读经典。经典是泥沙俱下之后存留的宝石，是经历了历代的千挑万选之后的精华。要读实体书，电子书在孩子幼小时尽量少接触。

在幼儿园阶段，童话和诗是最好的语文，真的，最好的语文里一定有诗、有童话。中国寓言文学研究会副秘书长谭旭东先生在《你会读童话吗》里就曾经说过：在童年阶段，读童话是非常有益的。童话能够给孩子一个幻想世界，同时，也会把孩子带入幻想世界，张开想象的翅膀，体验幻想带来的愉悦。一个人的创造力是与想象力分不开的。读童话，孩子的想象很容易充分张开，而且对自我和世界有全新的认识……也就是说，童话是另外一种现实世界，是艺术化的生活。

有些家长也许会询问，那如何去选择童话或者诗歌？我的经验，除了国内外的经典，比如《唐诗三百首》《稻草人》《小蝌蚪找妈妈》《猴子捞月》《小王子》《水孩子》《小飞侠彼得·潘》《柳林风声》《一个孩子的诗园》等，就是选择翻译过来的国外故事。因为翻译过来的故事，已经经过了译者的挑选和过滤，选取的都是一些该国已经受到肯定和流传的著作，一般都是公认优秀的作品。

然后，记得和孩子一起阅读这些书籍，我记得我看日本黑柳彻子的《窗边的小豆豆》就看了好几遍，然后林海音的《城南旧事》，文字很美，在孩子幼儿园时期，这些其实都可以念给孩子们听，听读结合，你自己如果没有充分的时间，也可以播放语音给孩子听，现在音频类的资源很多。

当然，如果孩子自己已经有相应的阅读能力了，那最好，有阅读能力，更能感受文字所带来的美。让孩子们从书籍和文字中汲取知识、分辨善恶、明辨是非，这份感觉和感受，是从一本好书开始的。

孩子需要父母的陪伴，父母应该尽量多抽出时间来陪伴孩子。

其实我们真正能够陪伴孩子们的就这么十几年的时间。从孩子的出生，把屎把尿，到牙牙学语，到蹒跚学步，到读幼儿园，到小学，到初中，到高中，有些就开始住校，高中算是个过渡，到读大学，就基本离开我们的视线，离开我们的身边，独自去面对属于他们的学习和生活了。所以我们和孩子们亲亲密密在一起的其实也就那么十几年的时间。我们应该珍惜和孩子在一起的任何时光。时间过得真的很快的，你一转眼，孩子就长大了。

都说这是一个拼爹的时代。在孩子成长的路途上，其实的确是需要拼爹的。怎么个样子拼爹呢？我个人觉得拼的不是财富，不是地位，而是对孩子的教育和陪伴。

作为父亲，有些人外出应酬多，不够耐心，或者大男子主义等，有些往往就会把照顾孩子、教育孩子的任务一锅端让妻子负责。但其实，千百年前的《三字经》就已经明示：养不教，父之过。

我们为人父母，一般而言，父亲和母亲由于性别的不同，父亲会倾向于阳光、勇敢、粗犷、视野宽广等个性特征，而母亲会倾向于温柔、细致、耐心、容易从细微处着手等特征。对孩子而言，父亲和母亲，天生就是一对个性互补的好搭档。父性和母性，对孩子每个阶段的身心发育都起到了特定的作用。

我是一名医务人员，工作较为辛苦，有夜班什么的。我女儿小时候，那时我们医院的休息天很少，我记得其中有整整三个月，我只休息了两天。然后还有早上的体检班等，遇体检班时早上6点左右就要到医院，所以，早上没法照顾孩子。

记得女儿小时候的一件趣事，我婆婆身体不太好，那时候白天是她姑妈帮着照顾她的。女儿叫她姑妈叫好妈咪的。有一天，她姑妈和她开玩笑，说，乖，你叫我好妈咪，那以后就给我做女儿吧。女儿是怎么回答的？她说，好妈咪，好妈咪，你是我白天的妈妈，妈妈是我晚上的妈妈。——由此可以看出，白天我是缺位的。女儿上幼儿园后，早上的头发基本是她爸爸给她梳理的。父亲和母亲，在孩子成长历程中不缺位，各司其职，于孩子、于家庭而言，都是一件幸福快乐的事情。

少成若天性，习惯成自然。很多事情，形成习惯了，一下子会难以改变，于成人和孩子而言，都是如此。

说到习惯，不少家长可能就会谈到手机问题。我家孩子读幼儿园时期，手机智能化还不是很先进，当时手机功能还是以打电话、发短信等为主。现在的手机功能越来越多。我觉得对于手机，应该如乔布斯对待他的三个子女一样，限制孩子们在家里使用智能产品。

德国儿童心理学家曾经做过一个小测试，让三组5岁的孩子在纸上画小人。结果，每天几乎不看电视的孩子，画出的小人最完整、最漂亮。而每天看电视超过3小时的孩子，画出的小人简单、呆板，而看电视内容不被限制的孩子，画出的小人要么断手、断脚，要么身体不完整或只有局部，显然是孩子被电视中的某些不良内容影响到了。

心理学家由此得出结论：让孩子过早、过多地接触电子产品，会大大损伤孩子的大脑发育，影响认知力、想象力和创造力。

大家应该都知道在中国诗词大会上夺得冠军，后来考入清华的武亦殊小姐姐，武亦殊的爸爸，每天 4：30 分后就不用手机，专心陪伴孩子们。

很多国家的儿童机构都建议：2 岁前最好不要接触电子产品；3—6 岁可以适当使用手机，一天不要超过半个小时；6—18 岁每日接触电子产品的时间应该限制在 2 小时之内。

现在不少家庭，手机成了哄娃利器。孩子哭闹，给他手机；自己没空理会孩子，给他手机；孩子吃饭不配合，给他手机。

我前面说过，在孩子幼小时，我反对电子阅读，要阅读，就请给孩子纸质书。让孩子养成，要阅读就阅读纸质书的习惯。然后，等孩子的阅读习惯养成后，可以适当地接触电子阅读，但依旧要限制时间。

另外，在幼儿园时期，我们还应该培养孩子做适当的家务，这是在培育孩子的责任感以及动手能力。不要养成饭来张口衣来伸手的习惯。

同时，要学会玩。我觉得在幼儿园，最大的任务就是玩。学会和小朋友们一起玩，学会一个人自得其乐地玩。

女儿当时读的是小世界幼儿园，这个幼儿园离我们家很近，只隔了一条河的距离。当年小世界幼儿园给我的感受，就是很会让孩子们玩。我女儿最喜欢幼儿园里的滑梯，即便放学了，也要滑个滑梯过过瘾。真的，让孩子们学会玩耍吧，一个有趣味的人，一定是会玩耍的人。而且，玩耍是有阶段性的，这个阶段他喜欢玩这个事物，下一个阶段就未必是他喜欢的事物了。

我心里一直有个小遗憾，就是女儿那么喜欢滑滑梯，当年我应该更多地让她玩滑滑梯，虽然我已经让她尽可能多地滑滑梯了。为什么内心里还是有这么个小遗憾？是因为，自从女儿从幼儿园毕业，从幼儿园毕业的那天中午，回家前，我带着她又滑了滑梯，但自从幼儿园毕业，读小学后，我印象里就没有见她滑过滑梯，因为，滑梯不常有，滑滑梯的年龄也不常有。一天接着一天，孩子们就渐渐长大了。我们要尊重孩子爱玩耍的天性，多给他们时间玩耍，家长不要去干扰孩子对各种事物的探究。

在幼儿园时期，我们也可以培养孩子一个书法或者乐器的爱好，还是挺好的，具体看孩子的兴趣。学好书法，有一手好字，终身受益。至少学会一样乐器，将来，可以弹给喜欢的人听，想想也是很美妙的事情。

而对于幼儿园大班学生而言，基本的学习习惯，必须开始锻炼起来了，比如，从大班开始准时上学；比如，放学后让他书桌前坐个几分钟阅读或者画画；比如，晚上按时睡觉。这些都可以有意识地开始慢慢培养起来了。

其实所谓教育，就是既要关注孩子当前的发展，又要为孩子下一阶段的发展创造良好的条件。教育都是有前瞻性的，随风潜入夜，润物细无声，教育也不是一朝一夕的事情。我们家长能做的，就是成为孩子的领路人和指引人。

不要把教育都推给学校里的老师，上帝的归上帝凯撒的归凯撒，家长和老师，都各有职责，都该各司其职。

周围有好几位同事的孩子，今秋都去读小学了。从幼儿园毕业，成为一名一年级新生，于一个孩子来讲，是好奇并期待的吧，或者，也会有一些畏惧的情绪在。

时光过得很快。还记得女儿幼儿园毕业，去小学报名那一天，需要接受一个简单的面试。一众孩子整齐地排着队，旁边站着家长。不知怎么的，排在女儿前面的一个小男孩突然哭了起来，家长立马哄他，让他莫慌莫慌，却是怎么也哄不了。原来孩子是因为害怕即将到来的面试而哭泣了。

别的家长纷纷帮着安慰那小男孩。女儿这时候说了一句话，把大家都逗乐了，她是这样子说的：

"有什么好害怕的，幼儿园里都考了那么多场试了！"

嘚瑟啊，刚刚幼儿园毕业，就以为自己已经身经百战了，我当时是哑然失笑，但你还莫说，经女儿这么一安慰一激励，那小男孩倒是止住了哭声，渐渐平复了下来，最后顺利通过了面试。

不同孩子面对升学会有不同的反应，其实回顾一下这些反应的背景，会蛮有意思。同样的一件事情，为什么这个孩子表现得信心满满，这一个是镇定自若，而另一个却是畏惧害怕？

我在医院放射科工作，有一个很深的感受：凡是父母在医院里工作的孩子，前来检查一般都比较配合，不会出现别的孩子般的大哭大叫，甚而是逃逃逃。即便是到化验室里抽血化验，医生家庭的孩子大多也是乖乖地伸出胳膊坐着等化验室阿姨抽血。

那么，面对针管，难道他们不害怕吗？应该也是有点害怕的，但平时的耳濡目染让他们觉得医院里的检查是习以为常的事情，就比一般的孩子多了些勇敢与镇定。面对医学检查，有些熊孩子可是哭啊喊啊逃啊，得有好几个人帮着才能对付着。

这其实涉及一个问题：做一件事情，得让孩子先了解这件事情。

所以为了孩子在一个新环境里有一个好的开始，我们得事先做好功课。可以在报名前带孩子先熟悉一下校园环境，讲讲学校的历史和故事给孩子听，诸如此类，总之啦，要让孩子喜欢上学校，并对新学校新学期的生活产生憧憬。

当谈起学校的时候，看孩子眨巴着眼睛微微一笑，很期待，那就成了。

请记住，一年级新生第一攻略：让孩子了解自己即将就读的学校，并对新学校的新生活产生憧憬，简而言之，就是：培养孩子对学校的兴趣，因为兴趣是最好的老师呀！

是金秋啊，扑面而来的风也带着干爽和舒适。孩子们上学去了，然后放学回家了。待得他背着书包进家门，稍事补充一下能量，吃点糕点水果什么的，回家第一件事，请记住，是：做作业。

一年级的小学生，现在有些学校是不布置作业了的，但是不管有没有作业，请让他在放学的第一时段做和学校有关的事情。如果有作业，那就做作业，如果没有作业，那就复习或预习一下课堂知识，花个半小时左右的时间即可。

这么做的目的，对于一年级学生，其意不在作业，而在于良好学习习惯的养成。长此以往，越到高年级，越会得益于这个习惯的养成。整个小学阶段，你都应该可以做到让孩子在8点半左右上床睡觉，而不会东摸摸，西瞅瞅，然后孩子才来做作业，作业就会做得缓慢，这样子是很浪费时间的，如此拖延，越到高年级，时间会越不够用，也就是学习的效率会打很大的折扣。

家有小学生的，都知道学生的回家作业，会有不少需要家长陪同参与并签字的。我的经验是，在一二年级的时候，家长当然是要参与做作业的，但到二年级下学期起，作为过渡期，得慢慢脱离这个工作，到3年级，就得彻底放手孩子们的作业。孩子要背诵听读吗？可以，你背诵，我听着。要让家长在作业笔记本上签字吗？可以，让孩子自己拿过来给你吧，然后，你只需要大笔一挥签字即可。总之，三年级之后，家长不要过多地干涉孩子的作业，让孩子自己去完成即可，这样子家长可以轻松，孩子也可以自主管理自己的学习，两全其美的事。

请记住，一年级新生第二攻略：养成回家即做作业的好习惯。

然后，一年级新生第三攻略，要给充裕的课外生活做一个规划。

对于学生生涯来讲，再没有比小学更加拥有除学业外的充裕的课余时间了，得好好利用起来。时间过得真的很快的，一忽儿，小学就会结束的，而随之而来的初中与高中，时间将会紧张，紧张，很紧张。

言归正传，课余时间的第一个规划，是阅读，让孩子喜欢上阅读。给孩子们书籍吧，爱书的孩子安静、美好而博学。无论从外在的视野还是内心的滋润，书籍都能给予你以满足。作为家长，在家里，或在读书馆，抽出一些时间陪伴孩子阅读吧，让孩子和你、和书籍一起成长。

课余时间的第二个规划，固定至少一个健身的锻炼项目，乒乓球、跆拳道、羽毛球等，都可以，孩子喜欢哪个就哪个，然后持之以恒，以期强身健体。

课余时间的第三个规划，让孩子学习一项器乐或者舞蹈。音乐和舞蹈会让人产生由内而外的气质的。《滚蛋吧！肿瘤君》里女主熊顿生前的其中一个愿望，就是：至少学会一种乐器，为喜欢的人弹。其实即便将来不为喜欢的人弹奏，但有器乐在手，可以陪伴人的一生，人即便孤独，但不会寂寞。

其余的规划，各位自定。但还有一个规划可莫忘记了，那就是：玩。有时间，就带孩子去玩吧，亲近社会，亲近大自然。比如，此刻秋天近在身边，秋虫已经在草丛里呢喃，那么，带着孩子去倾听一下秋虫的鸣叫，去田野，或者就在小区的草丛里，你静下心来和孩子一起聆听，这个真的可以有。

喜欢一句话：少成若天性，习惯成自然。的确，年少易养成习惯，而好的习惯可以让人受益一生。

看完以上攻略，从一年级开始，向前走，无所畏惧！

还有最后一个攻略，是给家长的：弄个笔记本，记录下孩子成长的点滴，包括孩子的语录。你觉得有趣味有意义的，就请记录下来。岁月浪淘沙尽始见金，多年后，看这些记录，你会感谢此刻有心而勤快的自己。

让阅读成为一种习惯

我一直以为，我们应该珍惜和孩子在一起的任何时光。时光匆匆，你一转眼，孩子就长大了。

女儿在分床睡前，除非我夜班，每天晚上睡觉都是和我在一起的，即便我夜班，那她也是和她爸爸一起睡。我一则觉得老人们白天带孩子已经够累的了，二则我觉得和孩子一起睡是一段很幸福的时光，为人父母怎能舍弃这份幸福呢？

每晚睡觉前，我们会阅读几个小故事。到后来，是两个人一起口头编故事，起一个开头，然后你一句，我一句地编排下去。这个故事可以编得很长很长的，而且想怎么编就怎么编，编不下去了就再换一个开头继续编，也会搞词语接龙一类的小游戏，很有趣的。这时候，女儿的眼睛总是闪亮闪亮的，在互动交流中，不知不觉就完成了组词、写句、成篇的学习和积累。女儿分床睡后，我也会尽可能在睡前多陪她一会。

虽然白天上班，晚上再接着照看孩子会很辛苦，但长此以往，所获得的乐趣要远远多于所付出的辛劳。孩子需要父母的陪伴，贴身的陪伴，对孩子的成长肯定是有助益的。

而让阅读成为孩子的习惯，是和父母的言传身教分不开的。

这里不得不说一下我的学习经历。

我的原始学历是中专，初中毕业那年是 1990 年，那时候中专比高中难考，一所学校也就能考上两三个，虽然我内心很想去读高中，然后考大学，但既然考上了中专，也就去读了，

我学的是放射医学专业。毕业后，为了弥补没有上大学的遗憾，我通过函授夜大的方式取得了浙江大学医学院临床医学的大专文凭以及温州医学院医学影像学本科文凭，同时，通过自学考试的方式取得了浙江大学汉语言文学的大专及本科文凭。我记得是 2008 年 7 月，我到位于绍兴市区渔化桥河沿的市高等教育自学考试办公室，拿取了汉语言文学的自考本科毕业证书，而之前的一年，我已经拿取了医学影像学本科毕业证书。所以从毕业后到 2008 年，10 多年的时光，很多业余时间，我都用来奔赴不同的考场参与不同的考试了。

列宁夫人克鲁普斯卡娅曾经说过："家族教育对父母来说，首先是自我教育。"是的，我的这些学习经历，对女儿而言，应该起到了潜移默化的作用。学习的过程给了我很大的乐趣，我的学习过程，同时也是女儿成长的过程。从小，女儿就学着我的样子捧着一本书看。平时一杯茶，一本书，是我和女儿的常态。在潜移默化中，女儿自然而然地喜欢上了阅读，并将这份喜欢转化成一种习惯。

而培养阅读习惯的前提下，也要学会对浩瀚的书籍有所选择，要读好书，要读经典。

书的种类有很多，任何种类的书都可以涉猎一下，书要看得杂，因为每一类书都有各自的营养。譬如鲁迅故居里的三味书屋，其三味的含义就是：读经味如稻粱，读史味如肴馔，读诸子百家味如醯醢。这里的稻粱是指谷类主食，肴馔的意思就是菜肴，醯醢的意思是佐餐的调料。

它的意思就是，不同的书有不同的味道，可以构成一顿丰盛的饭菜，让人大快朵颐。

但一定要选取其中的经典来阅读。所谓经典，是泥沙俱下之后存留的宝石。学会选择很重要。亚里斯提卡就说过，能够摄取必要营养的人要比吃得多的人更健康；同样地，真正的学者往往不是读了很多书的人，而是读了有用的书的人。——这里就说到了选择书籍的重要性。

而小学的时光是很宝贵的一段时光，可以说，一个人一生阅读的基础是在小学时打下的，家有孩子的，请充分利用这一段黄金时间，不要虚度了。到了初中和高中，课程增多，学习压力加大，就没有整块的时间可以用来阅读了。

但是，孩子学习再怎么紧张，也请不要放下任何阅读的机会。善于利用边边角角的时间，阅读的时间还是可以有的。记得有位语文老师就说过：写作是阅读下的蛋，阅读量大了，无意识的情况下，优美的字句就会蹦出来，文章也就水到渠成了。

而培养写作能力的不二法则，就是多阅读多练习。

多读多写，是写作的一对双胞胎，它们承前启后，互通有无。要多读，还得多写。起步阶段总是青涩的，我家女儿就说过，人总得先会爬，再会走，然后才会跑。写作可以从记流水账起步，不管什么文字，只要写下来，然后有所坚持，一定会越写越好，越写越顺。女儿发表在报纸上的第一篇作文只有215个字，现在，她的21万字的长篇小说正式出版，从215个字，到21万字，其间的跨度就是日积月累的坚持习作来作为桥梁跨越连接的。

我这里有一个写作的诀窍，就是对于初学者，要尽量把作文写长。请你相信孩子们的能力，正像苏联作家格拉宁说的那样："每个人的能力都比他自己感觉到的要大得多。"他们可以写出长作文来。然后，请不要限制孩子写作的题材。天马行空，她爱怎么写就让她怎么写，只要写下来，就是好事情。

对于孩子来讲，他们偏爱幻想类的题材，因为这类题材比较契合他们这个年龄段的认知。女儿就喜欢写奇幻故事，她说写作奇幻故事感到无拘无束，能够让自己的想象翱翔于变幻莫测的世界之中，这样的作品让她感到自由自在，感受到写作的快乐。

其实写作并不神秘，写作就是在平凡的生活中用文字去抓取那一刹那的灵感，在生活中做个有心人，然后多阅读，多练笔，你坚持，然后总有一天，会有一个量变到质变的飞跃。当你寻找到了写作的钥匙，那么在写作的世界里，你就会游刃有余，就会感受到写作的美好与愉快。

凯勒说过，一本书像一艘船，带着我们从狭隘的地方，驶向生活的无限的广阔海洋。李苦禅也说过，鸟欲高飞先振翅，人求上进先读书。书籍是屹立在时间的汪洋大海中的灯塔，可以指引我们，可以成为我们前行的力量的源泉。

也许你会说，晚了，我们以前不爱看书，现在看书还来得及吗？这里可以用摩西奶奶的话来回答你，她说：做你喜欢做的事，上帝会高兴地帮你打开成功之门，哪怕你现在已经80岁了。摩西奶奶原名安娜·玛丽·摩西，来自美国农村，开创了美国原始派画系。她原本是一个家庭主妇，从77岁开始作画，在80岁时在纽约举办个展，著有随笔作品《人生永远没有太晚的开始》。由一名普通的农村妇女成为一名风靡世界的著名画家，摩西奶奶的经历告诉你，任何时候的开始都不晚，只要你有心，只要你坚持，只要你努力，那么，在你行走的人生之路上，你就一定会有所收获。

对于女儿而言，阅读所带来的收获还是有点大的。她用手中的笔，正在构建并开创属于自己的文字世界。"一支笔，一个故事；一张纸，一个世界。"我希望她脚踏实地，在任何时候，都能不忘初心，永不言弃。

所有的努力都不会被辜负

2016年5月，江苏凤凰教育出版社公开出版了女儿的长篇小说《魔力星球》，当年的5月23日上午，江苏凤凰教育出版社、女儿就读的鲁迅中学联合举办了新书首发式，出版社编辑、《全国优秀作文选》主编陶振伟先生亲自从南京赶赴柯桥前来参加首发式。

《魔力星球》由著名儿童文学作家王一梅倾情作序，由《全国优秀作文选》隆重推荐。

这是一个关于爱与勇气的故事。这部小说女儿坚持21个月，历时630天方才完成。从本书写就、改稿、定稿直至出版，历经了她的小学、初中和高中生涯。从鉴湖小学的开始动笔写作，到实验中学的完成初稿，再到鲁迅中学的改稿定稿出版，前后历时4年。很庆幸，女儿坚持了下来，也很庆幸，本书得以顺利公开出版。

诚如女儿所言：每个孩子都有一个世界。随着成长，有些人逐渐将它遗忘，有些人将它珍藏于心。她希望她属于后者。而《魔力星球》这本书提醒了她那些她曾有过的幻想，那些天真烂漫的年月。这本书的主题是寻找，寻找生命的意义，寻找成功的路径。通过这部书，她说她想表达的是：生命中总有那么一扇门，推开它就是一个神奇的、你闻所未闻见所未见的世界。这是一个机遇也是一个挑战，通往王座的路上荆棘密布。但无论如何，请不忘初心，永不放弃。

大家可能会很好奇，同时可能也会有兴趣想知道，女儿是如何逐步走上创作的道路的？借此机会回首过往，我觉得人生其实就是一本没有固定内容的故事书，予它以怎样的内容，怎样的画面，怎样的色彩，都在于你自己。

老去的是时光，但这时光的流逝之中，我想一定会有什么东西沉淀了下来，历久弥新，让人有所感悟。

都说这是一个拼爹的时代。其实从古至今，就教育而言，任何一个时代，都是拼爹拼娘的时代。古有孟母三迁，就是孟母为了孩子的健康成长而所做的努力与拼搏。

其实我也是有点拼的一个人。我的原始学历是中专，在我初中毕业时，当时我内心其实是很想去读高中，然后考大学。但命运却让我去读了中专，学了医。我是1990年读的中专，那时的中专其实很难考的。但因为我是农民出身，还因为那时的高考录取率是极低的，我父亲怕我最终考不上大学，而现在既然已经考上了中专，可以由农业户口转为城市户口，还是抓住眼前的机会，就读中专去吧。

工作后，为了弥补没有上大学的遗憾，我通过函授夜大的方式取得了浙江大学医学院临床医学的大专文凭以及温州医学院医学影像学本科文凭，同时，通过自学考试的方式取得了浙江大学汉语言文学的大专及本科文凭，所以，到目前，我是医文齐头并进，同时拥有两个大专、两个本科文凭。

我之所以要在此述说我的这个经历，是因为，我的这些学习经历，对女儿而言，其实起到了潜移默化的作用。学习的过程给了我很大的乐趣，我的学习过程，同时也是女儿成长的过程。从小，女儿就学着我的样子捧着一本书看。起先，她还很小的时候，是看一本撕一本，我就让她看，让她撕，慢慢地，她就学会爱护书本了。人小鬼大地很喜欢看书。在她上幼儿园时，就已经认识很多字了，没有彩图的全是文字的故事书，她也已经能够看懂。

平时一杯茶，一本书，是我和女儿的常态。所以，如果说是谁让女儿热爱上阅读的领路人，那么，我可以当仁不让的是那一位领路人。

但女儿和大多数同学一样，也不会天生就会写作。她的作文也是从记流水账起步的。正如她自己所说，人总得先会爬，再会走，然后才会跑。学会记流水账，正如我们对人生迈出的第一个探索脚步一样，日积月累的练习，慢慢地，作文里就会有那么点文采。当时，我就试着给女儿投稿。在2008年12月3日的那一天，女儿的一篇小作文发表在了《绍兴县报》"金色年华"栏目上。那篇作文的题目是《爱唱歌的女孩》，共计215个字，报社还寄来了稿费单，虽然只有区区10元，但对于女儿来讲，肯定是很新奇的一个感受。那一年，她8岁，上鉴湖小学三年级。我还记得她看到报纸后欣喜的亮晶晶的眼神，和拿到稿费单后欢呼雀跃的高兴劲儿。后来，记得是2011年的2月22日，以及2011年的2月23日，当时的《绍兴县报》相继在"金色年华版"和"雏鹰版"上刊登了女儿的两篇作文，一篇是《春雨绵绵》，一篇是《生命的颜色》，女儿在当时的周记里，形容听到这个消息后的心情，用了"狂喜"这个词。

我记得是2011年8月27日，这一个日子，注定得被我和女儿铭记。因为在这一天，我决定试试女儿，看她能不能写出二三千字的文章来。这之前，她即便在写，一般每篇写个四五百字也差不多了。那一天的下午，我给了女儿一叠空白稿纸，跟她说题材不限，只要写到两千字以上就行。我看着她不太情愿地坐下来，然后对着稿子发起呆来。不过没多久，我看她提笔在写了，而且是越写越顺，一气呵成地完成了一篇童话，就是《宠物猫出逃记》。看着这篇两千余字的童话，我觉得写得蛮不错的，就给她投稿到《中华小作家》，没想到编辑一看，就说录用，然后这篇童话就发表在当年11期的《中华小作家》上。关于这件事情，女儿还专门写了篇《从一篇长作文走上创作路》的作文，后来发表在《绍兴县报》上。

这篇童话的完成，给予了女儿以很大的写作信心，此后几天，她连续写了好几篇，直至开学，然后她开始较有规律地在每个双休日都写。在完成9000字的童话《寻找鱼姐姐》后，她于2011年10月3日，开始创作《魔力星球》这部书，直至完成出版，共计写了21万字。

这些年来，女儿用手中的笔，陆续写出了一些童话、小说和随笔。这些文字相继发表在《少年博览》《童话世界》《小溪流》《读友》《神秘大侦探》《新民晚报》等报刊上。有几个短中篇小说收入到一些合集中。

大家应该都知道科比吧？科比是个篮球天才，有一个记者曾经问他："你为什么能如此成功？"科比反问他："你知道洛杉矶每天早上4点钟是什么样子吗？"实际上连勤奋敬业的记者也不知道早上4点的洛杉矶是什么样子，科比就自问自答："满天星星，寥落的灯光，行人很少。究竟是什么样子，我也不太清楚。但这没关系，你说是吗？每天早上4点，洛杉矶仍然在黑暗中，我就起床行走在黑暗的洛杉矶街道上……"

是的，就是如此的勤奋，就是如此的坚持。"一支笔，一个故事；一张纸，一个世界。"——这是女儿在沈石溪老师主编的《帮作文》杂志上发表文章时的写作感言。而以《宠物猫出逃记》为书名的女儿的短篇童话故事集，也被收入《最美童话故事》丛书，于 2016 年 9 月由吉林美术出版社出版。

写作的基石是由一定的阅读量夯实的。女儿还很小的时候，我有意识地教她认字，是我自己做的卡片，上面写上字，教她认，她慢慢地认识了不少字，就可以独立阅读图书了。女儿爱书如命，她自己也说非常喜欢看书，可以整整一个上午埋在书堆里不抬头。上小学时，时间很充裕，她可以随心所欲地看书，到了初中和高中，她也能见缝插针地阅读各类书籍。也许你会说学习很忙，没有时间，但时间就像海绵，挤挤真的可以有。利用边边角角的时间，进行碎片化阅读，就是很不错的方法。

平时多阅读，要读好书，要读经典。从场面浩荡的历史巨著，到清新走心的散文小品文，从优美童真的童话故事，到江湖风云的武侠小说，从迷案重重的悬疑故事，到古风浓郁的漫画绘本，大家都可以涉猎，但请务必记住，一定要选取其中的经典来阅读。学会选择，这将是你的品位，而文字的美妙，一定会在你的人生里留下或多或少的痕迹。

其实写作并不神秘，写作就是在平凡的生活中用文字去抓取那一刹那的灵感，要在生活中做个有心人，真的，你只要多阅读，多练笔，写作之门就会为你打开，而门后面的世界，会有光，会有温暖，会有爱，会有力量。

绍兴本土作家柯灵曾经说过：生活是一部读不完的大书，每个人只能读到有限的章节，因此必须认真地读，不辜负自己到这瑰玮的人生走一遭。而鲁迅先生认为，中国欲存争于天下，其首在立人，人立而后凡事举。真心觉得人要活到老，学到老，永远有做学生的谦逊，因为学习能够改造生活，助我们成功。而在生活中要学会阅读好书，因为书香温润，能够完善心灵，提升品位。

2018 年，芒种过后是高考。

6 号芒种，芒种芒种，连收带种，于农事而言，是收割，也是播种。而 7 号，是 2018 年高考第一天，这一天，普天下所有高三学子，十年铸剑，只为炉火纯青，一朝出鞘，定当倚天长鸣！

这是学子生涯的一个重要节点，硕果已在眼前，请你全力以赴，奋勇摘取。然后，以此果实，在未来更广阔的时空里，开启另一个征程，去播种，去培育，去摘取更多的累累硕果，那是勤奋、坚韧、勇敢、心有梦想的人应得的命运给予的荣耀和嘉奖。

因为，任何时候，都是功不唐捐，玉汝于成。

真的是一转眼的时光，女儿要高考了。我的脑海里，还是她去幼儿园面试时的模样。在排队等待的间歇，她对身旁一个因为害怕面试而正在哭闹着的孩子说：有什么好害怕的，幼儿园里都考了那么多场试了！——这个当时的小孩儿，现在已是高三学生了。高考已在眼前，随着 7 号 9 点的考场铃声的响起，我只想对一凡和所有的高三考生说一句：

刀剑出鞘，尽尔之志，以梦为马，不负韶华！

给女儿取名一凡，女儿问过我，为什么叫这个名字？其实这个名字是她爸爸取的，也合我之意，就定了这个名字。值此特殊之日，在此记录一下一凡写的自我介绍，有文言版和白话版两版。

文言版：

吾以杨为姓，以一凡为名。一凡者，取一生平凡之意也，乃吾之父母望女平安喜乐一生，而无饥寒之忧，亦无高处不胜寒之苦也。

初时，吾只觉一生平凡，未免碌碌。然年岁渐长，为文作诗幸而为人所喜，而小有声名，方悟其良苦用心。平凡者，非身之平庸也，实为心之平凡也。有平凡之心，为不凡之事，方为吾愿。回首十七载寒暑，自悟此理，豁然顿开。思及范文正公之"不以物喜，不以己悲"，不外如是。

为人处世之则既得，自当终生奉行。故吾素喜平淡，自在随心。荣辱得失皆为外物，浮沉悲喜不在己身。或谓"心态好也"，吾只谓知吾之所求也。

白话版：

我叫杨一凡。一凡这个名字，据我父母说是一生平凡的意思。为父母者，自然希望女儿一生平安喜乐，不必为生计而发愁，也不用去品尝那高处不胜寒的清寂。

小时候，我觉得一生平凡便相当于一生碌碌。父母多望子成龙望女成凤，我的父母为何会如此想？渐渐长大，尝到了些成功的滋味，才明白他们的良苦用心。平凡并不是平庸，而是内心的淡然自守。有一颗平凡的心，做不平凡的事，才是我的追求与向往。十七年时光，在悟到这道理时，才突然有了意义。想到范仲淹那句有名的"不以物喜，不以己悲"，觉得没有比这更对的了。

既然明了了自己为人处世的准则，那我就当奉行。我向来喜欢平淡而自在的生活。荣辱得失都不过是身外之物，所以也很少为它们大悲大喜。别人评价我心态好，我却觉得，只是我明白我真正追求的是什么罢了。

平凡者，非身之平庸也，实为心之平凡也。有平凡之心，为不凡之事，方为吾愿。

我觉得女儿的这个感悟挺好的。

《少有人走的路》中说：勇气是，尽管你感觉害怕，但仍能迎难而上；尽管你感觉痛苦，但仍能直接面对。

对于眼前的高考，央视纪录片《高考·毛坦厂中学的日与夜》中，有家长曾说：高考太残酷，这样的应试教育也几乎榨干了孩子的灵气，但如果真的能够通过高考有一个更加光明的未来，谁也不会觉得有什么不好，在现阶段没有更好、更公平的方法之前，高考就是无数人改变命运的独木桥。

是的，读书改变命运，知识就是力量，任何时代，这都是颠扑不破的真理。当你以读书为左膀，以知识为右臂，它日行走江湖，辽阔之外，必有彩霞满天。显贵如赌王之子何猷君，就学期间，凌晨五点的图书馆永远少不了他的身影，双倍于旁人的努力，才使他成为MIT史上最年轻的金融硕士。

真的，该你拼搏的时候，真的请全力以赴。何况，相对而言，高考是很纯粹的竞争，你付出多少，你就能够收获多少，也许你人生的往后，再没有比这更纯粹的竞争了，而多年之后，回首这段经历，必当弥足珍贵。

德国作家赫尔曼·黑塞在《车轮下》里写道："面对呼啸而至的时代车轮，我们必须加速奔跑，有时会力不从心，有时会浮躁焦虑，但必须适应，它可以轻易地将每一个落伍的个体远远抛下，甚至碾作尘土，且不偿命。"

时代的车轮面前，我们唯有适应，必须适应。

一路走来，或许有坎坷，或许有风雨，或许有委屈，或许有遗憾，但是，行走至此，当你坐在高考的考场上，一切都已水到渠成，每位学子都会摘取属于自己的果实，而后，在彼此的世界里，继续演绎各自的故事和人生。

千言万语，学子们，吾心谨祝：

愿你们落笔成行的瞬间，都有着功不唐捐的踏实。

愿你们合上笔盖的刹那，都有着收剑入鞘的骄傲。

愿你们心想事成，祝你们金榜题名！

三毛有一篇叫《流星雨》的演讲稿，里面有这样几句话：

我们的父母是恒星，我们回家，他们永远是在的；

我们的朋友是行星，有的时候来，有的时候去，但是他们也是天空中的星。

其实还有一种星星，就是我们的孩子，我们喜欢管他们叫卫星。

尤其是去读大学后，很多孩子都是初次离家，独自学习和生活。这时候，父母和子女的联系，譬如恒星和卫星的关系，隔着学校这个行星，自成一个空间体系。

如果子女与家里联系紧密，天天早请示晚汇报，父母爱傲骄地称自家的卫星信号强。如果联系疏朗，隔三岔五或者一周才联系一下，父母会有点小遗憾地说自家的卫星信号弱。而这颗卫星如果十天半个月甚至一个月都不主动联系，那得了，这颗卫星可以算是失联了！

但卫星不管失联多久，总会来和恒星联系的，因为至少，就学阶段，经济命脉还由恒星掌管着呢！记得有位家长，给孩子的生活费是按星期给的，说这样子孩子至少一周会来联系一次，想出这个绝招，也算够狠的了。

但其实，这颗卫星，打从娘胎里出来，就注定是要成为一颗卫星的。或远航，或近绕，距离远远近近，但注定将会是一颗独立的星球。

我们孕育这颗星球成型，我们呵护这颗星球成长，而现在，这颗星球终于要踏上自己的征程了。远航，返航，从此，这颗卫星会围绕着我们这颗恒星沿着一定的轨道做周期性的运行。

往后终将是，聚少离多。

直道相思了无益，未妨惆怅是轻狂。爱情如是，亲情也一样。父母子女，有此缘分，终此一生，都是相互想念的，这是人的一种天性。

只要知道你过得好，平安，健康，快乐，就行。

2017年8月，龙应台从台北移居台南屏东潮州镇，照顾失智的时年92岁的母亲。她在新书《天长地久——给美君的信》里说：

上一代不会倾吐，下一代无心体会……

为什么我就是没想到要把你这个女人

看作一个也渴望看电影、

喝咖啡、清晨爬山看芒草

需要有人打电话说"闷"的女朋友？

美君是龙应台的妈妈。龙应台大学毕业后赴美国求学，后来旅居瑞士，接着迁居德国，然后回台湾从政。2014年她辞官"回到文人安静的书桌"。2017年，她直接定居屏东，以便贴身照顾母亲。

对美君而言，龙应台也是美君的卫星吧。这颗卫星天南海北地游历了一大圈，最后返航回到了恒星的身边。而此时，她的母亲已经失智，对于她的种种倾诉无法回应。

你忽然抬头看我——

是看我吧？你的眼睛里好深的虚无，像一间屋子，门半开，香烟缭绕，茶水犹温，但人已杳然。

卫星远航时，思来江山外，望尽烟云生。卫星返航时，女抵母亲额，母却已茫然。人世沧桑，转瞬之间。

而委实，我们都是父母的卫星，也是子女的恒星。

但我想，每个母亲和父亲，都希望子女能够走出去，能够远航。能够走出去，说明了子女的独立，能够远航，说明了子女的能力。

想起了那个小熊跟熊妈妈一起爬雪山的视频。

小熊跟熊妈妈一起想爬到雪山顶，妈妈已经爬上去了，小熊还在下边努力。陡直的山坡，白雪皑皑，小熊顺着妈妈的足迹快要爬到山顶，熊妈妈却挥赶小熊，让小熊重新爬。然后小熊开拓自己的道路，失败了好几次，最终从最低处靠自己的奋斗爬上了山顶。

熊妈妈可以背着小熊一起爬雪山啊，小熊可以顺着妈妈开辟的道路爬雪山啊，这都会让小熊省力不少。但熊妈妈并没有这样做。

因为真爱你的人，在你幼小时，会适当放手让你直面人生的挫折。这样子，当你长大时，才有足够的能力独自承担风雨和责任，而她永远会在你身后默默地关注着你。

因为真爱你的人，会让你选择自己的道路。适合你自己的道路，而不会人云亦云，或者强加于你她自己走过的道路，人生路很长，顺畅或者曲折，都要靠你自己走，但在你需要的时候，她会随时出现。

因为真爱你的人，不会在意付出和回报。如果对于一把屎一把尿的辛劳一定要有所回报的话，那么，你有前程可以如织锦，你有爱情可以如蜜甜，你有生活可以如花香，这些，就是最好的期许和回报。

《哈姆雷特》中有一句台词：天地之大，比你所能梦想到的多出更多。

是的，孩子，天地很大，韶华莫负，譬如卫星远航去吧，看山看海，尽力去实现你们内心的愿景。

而我们，就做那恒星，随时随地，会迎候你们的返航！

扳着指头认真算了一下，离女儿寒假结束回北京只有七天的时间了。

心情瞬间有些低落。

这个寒假其实算是近些年来女儿最长的一个寒假了，从 1 月 15 日回家起，足足有一个多月的时间。当时看觉得蛮长的，此刻来看，却觉得一忽儿的工夫，离别又在眼前了。

中间隔了一个年。年前觉得还有些时日，年一过，剩下的日子已是屈指可数。

我知道，后面几年，不会再有这么完整的假期了。

2018 年 8 月份送女儿去北京。"进了清华门就是清华人"，偌大的清华园，光是门就有 9 个。有学生戏称管门的保卫科负责人为"九门提督"，倒也挺形象的。

我们是从东门进的清华校园，报到后，在紫荆公寓放下行李。和女儿一起铺床叠被，第一次知道有褥子这个东西。又去 C 楼超市购买了一些生活用品。窗帘挂起来了，橱柜擦拭干净了。隔壁两个宿舍中间有一个中厅相连，住处看起来就宽敞许多。住的方面，可以放心了。

然后在桃李园吃了中饭。说起清华的食堂，有名有姓的有二十个左右。我只能说大约，因为确实有点难数清。为了清华到底有多少个食堂的问题，2018 年夏天时，清华团校 11 班的同学们还专门就此事做了一个考察，考察结果是大清有十六大食堂，还绘制了一张食堂分布图。

但事后盘算依旧有遗漏的，算上后面发现的 5 个食堂，那至少有 21 个食堂。真是叹为观止。给我的印象，清华食堂又便宜又好吃，南北口味俱全，所以吃的方面，也可以放心了。

然后是行。吃完中饭，准备去西门给女儿买自行车。在大学，自行车是必备交通工具。从紫荆公寓走到西门，记得花了半个多小时的时间，中间路过二校门。清华二校门原为清华正门，始建于 1909 年。1933 年时，校园扩建，园墙外移，有了新的大门，也就是现在的西校门，此门就被称作"二校门"。门额上刻有晚清军机大臣那桐于 1911 年题写的"清华园"大字，是清华园的鲜明标志。

到西门，在马路对面的车铺买了一辆自行车。女儿自己骑回校园。看着她有点歪歪扭扭地骑着车，我叮嘱她让她小心骑车。

女儿平时骑自行车的机会并不多，所以骑车水平不咋样。后来女儿和我说，在骑着自行车赶课锻炼后，她的骑车水平已经到了可以一手拉行李箱一手骑车的程度，看来骑车水平是突飞猛进了。嗯，行的问题也不是问题了。

在清华吃、住、行都没有什么问题，一切放心。

和女儿告别是在她的宿舍楼楼梯口，看着她穿着红色 T 恤的身影消失在楼道的转弯处，转弯前，她朝我们摆了摆手，我也朝她摆了摆手。

这一刻，让我想起了朱自清那穿过铁道给儿子买橘子的父亲的背影。也让我想起了龙应台的《目送》：

所谓父女母子一场，只不过意味着，你和他的缘分就是今生今世不断地在目送他的背影渐行渐远。你站在小路的这一端，看着他逐渐消失在小路转弯的地方，而且，他用背影默默告诉你：不必追。

回转身，孩子爸爸说，以后女儿要一个人在这里学习生活了。

然后，我和孩子爸爸回了绍兴。

记得下了动车，进了家门。孩子爸爸说，怎么家里空空荡荡的了。

我也如是感。

打扫卫生时，看他从女儿的房间出来，眼眶有点红，在轻轻地吸着鼻子，却立马背着我走向阳台。我故意当没看见，其实我知道，他在哭。

也难怪舍不得。每天都会回家来在身边的孩子，即便高中三年，女儿也是通校生，不住校，每晚下课了回家，第二天早上再去学校。现在一下子，远在北京求学，虽说现在动车往来方便，毕竟不会经常去探望，一般而言，见面周期是以学期计算的。

后来国庆节时，女儿回家过一趟。再回来时，就是寒假了。

相聚总是短暂的。

这个寒假，年前女儿考取了驾照，年后我们一起出去旅游了一趟。日子倏忽间就过去了。

月有盈亏花有开谢，想人生最苦离别。再过一周，女儿和她的同学们又将踏上赶往北京的动车。车站门口遥相送，又望着那熟悉的身影隐没在人群中。我知道，自己不能陪伴孩子一辈子，她会有自己的人生，自己的生活方式。往后的日子，她会越走越远，回家会变成偶尔回家。

其实这就够了，譬如一只小鸟，羽翼丰满的时候，总有展翅高飞的一天。

只是希望，这羽翼能够成长到足够阔大和坚韧，这阔大，能够托举她看得高远，这坚韧，能够在她低至尘埃的时候也心有一往无前的光明。而在她欢喜的时候，或者落寞的时候，可以想一想家里的亲人，亲人的怀抱永远向她敞开，永远会是温暖的治愈的怀抱。

而其间，作为父母，不拖孩子的后腿，不成孩子的累赘，是我和孩子爸爸的共识。女儿去上大学后，她爸爸爱上了跑步，基本每天早上去锻炼，3个月后体重减至140余斤，1米78的身高，这个体重算是回到了他读高中时候的体重。锻炼的结果，不光形体健美，身体素质也得到了提高，冬天不怕冷，一个冬天只在外出旅游时穿了一下羽绒衣，还是我念叨着才穿的。

也许跑步，是他减缓思念女儿的一种方式吧。清华号称"五道口体校"，对体育教育极为重视，每学期需要27次阿甘，每次2千米。他在绍兴跑，女儿在北京跑，隔着千里，无形中有了同呼吸共运动的连接。当然，我也不定期跑一下步，现在连续慢跑5千米不在话下。

有不少人知道，2018年，我们小区有4位学子考上了清北，其中北大1人，清华3人，这4位学子同校也同班，成为小区的一件喜事。

因了这个渊源，在孩子们上大学后，几个同小区的家庭组织了一个叫"饭团"的微信群，不定期地聚会，是谓抱团取暖。

犹记得第一次聚会，离孩子们去学校还不到半个月，一位母亲思子心切，说起儿子，一时哭得稀里哗啦，后来成功把大家都弄哭了。那时候大家心里总觉得有什么事情沉甸甸的。其实这件沉甸甸的事情就是"思念"。

后来，一次接着一次的聚会后，气氛越来越轻松，心情越来越开心。大家都知道，不是思念少了，而是大家逐渐坦然接受了这份思念的境遇。孩子有孩子们的生活，而我们，也该有我们自己的生活。彼此生活好了，才是对彼此的爱护和放心。

又到寒假结束，学子返校时。我们的"饭团"也即将继续开张。

做及时优雅转身的父母，而孩子，请你脚踏实地往前走。

青春不是梦，但青春不能没有梦。二十岁时的梦想，你实现了吗？

今天铭生日，二十岁的生日。铭是我的外甥女，是我姐姐的大女儿。在女儿那一辈中，铭是老大，理所当然第一个走到了二十岁的跟前。

二十年，回首一瞧，真的感叹时光走得急而无知无觉。当年的小毛头还在脑海里，而眼前的女孩已是亭亭玉立。岁月一步一步地在走，裹挟着我们，让我们春夏秋冬，只作寻常日子过。

想那年那月，是 1997 年的 4 月。姐姐怀孕待产。因为怀孕末期患有妊高征，姐姐血压高并有浮肿，就在预产期前几天住进医院，以防万一。不想外甥女迟迟不肯出来。当时一个表姐的家离医院很近，她们一家平时吃住在自己的厂里，基本不回家住，姐姐就在医院挂床，自己买菜烧饭在表姐家里解决一日三餐。表姐家隔一条马路就是菜市场，买汰烧方便的。

我当时住集体宿舍，食堂伙食一般，就趁机到姐姐那里蹭饭。姐姐烧菜烧得蛮好吃的，厨艺比我强很多。姐夫那时恰逢新旧单位交接时，可以休假一段时间，就陪护着姐姐。那些日子我们一方面期待着孩子早点出来，有点焦急，一方面也是优哉游哉的一段日子。

当年 5 月我要参加成人高考，去蹭饭时就时常带着考试书籍。记得有一次饭后，姐夫想考考我看书看得如何了，就让我背解剖上的肺循环和体循环路径，我当然是一字不差地背出来了。姐夫就打趣我，说我应该把标点符号也背出来。姐姐就在一边开心地笑。哈，这解剖可是我们学医的当家功夫。这里小小得意一下，后来的考试，解剖这门，150 分的卷子，我是考了 145 分的，只是错了一道选择题扣了 3 分，还有 2 分，是一道问答题，我于正常答案之外，多写了一部分答案，画蛇添足了，就被改卷老师扣掉 2 分。

于是，这么一边待产，一边陪护，一边蹭饭，居然到预产期后第 21 天才有动静。那天，也就是 4 月 30 日，外甥女才愿意走出娘胎了。可也是好事多磨，原本以为可以顺产，结果老半天宫口也没有开全，而姐姐已被阵痛折磨得精疲力竭。产科医生于是决定实行剖宫产，一刀下去，外甥女终于"哇哇哇"地来到了人间。姐姐的此次妊娠才算画上一个句号。后来和医院一结账，光是床位费就有 38 天。因生产而住院 38 天，并不多见的吧。

在娘胎里多待了 21 天的外甥女，出生后倒是无病无灾健健康康地见风就长，这可能是因在娘胎里多待些时日身体底子厚的缘故吧。

绍兴人喜欢过阴历的生日，阴历是固定的，而和阴历相对的阳历每年是有前有后的，而 1997 的 4 月 30 日，和 2016 年的 4 月 30 日，阴历是同一天，都是三月廿四。

外甥女早在上个月，就对她妈妈说："妈，今年我的生日和身份证上的日子是同一个的。"我姐和我说的时候，我还特地去日历上查看了一下，果真，是同一个日子。

注定，20 岁的生日，总有那么一些机缘在。

生日蛋糕是一个私人定制的奶油情景蛋糕，粉色，符合少女梦幻般的颜色。两层，一层上面有一个趴着身体双手托腮的小女孩，似乎在想着什么心事。小女孩身上长着一对近乎透明的白翅膀，那是象征天使了。旁边有两个娃娃，一只奔跑的兔子，一只站立的小猫，不知道是不是小女孩的宠物？另一层上面，写着生日快乐的英文字母。

然后，几根象征星星和彩虹的杆子插在蛋糕上。这是一个浪漫、美好、温馨的生日蛋糕。

当然，所有的生日蛋糕最终都是被用来切开，吃掉的。

我们拍手唱响了生日快乐歌，连同铭的奶奶，一起拍手唱。然后今天的寿星就持刀切了蛋糕，给在场的每一位都分吃了蛋糕。

这让我想起了自己二十岁那年过的生日。那时候我在卫校读书，生日那天的晚上，宿舍里热闹极了，大家把两张桌子拼成一个长条桌，用床沿做椅子，围坐了很多同学。那天我们也吃了蛋糕，我还收到了一个戴着眼镜的绒毛熊猫礼物，有点斯文，有点憨厚，大家说像我，所以送给我。那熊猫，我后来也是左看右看，越看越像我。

那一天曲终人散之后，我还写了篇小文章，我今天特意翻寻了出来，隔了二十多年的光阴，它竟然还在呢。下面的落款是 1993 年 3 月。我再次读了，当时的文字，有种故作深沉的味道，少年不识愁滋味，为赋新词强说愁呢。但不管如何，那份感慨中对人生淡定的坚持，与今天的我，是一脉相承的。为了防止可能的丢失，今天既然寻将了出来，我还是一字不差把它忠实地留存在此吧。以此勉励自己依旧"勤劳地、积极地活着"。在此多说一句，那时候我的笔名，叫：野西。

《青春二十》

　　孩提时的嬉闹言语还似若眼前，二十岁的花却已姹然而开，一如天天君临的日子，也平凡，也纯洁，多的只是一份感慨：人生如梦！

　　倏忽间，已是二十。记得今岁元旦，有位友人赠我过这么一句话："青春不是梦，但青春不能没有梦。"我为此神思久远。庄周梦蝶的神话给清朗世界罩上一层朦胧的色彩，也诗意，却也混沌。二十岁豆蔻年华，青春如我，该是人生最浪漫洒脱之时，只是多年以后，我是否会再对这一盏昏黄，道一句：倏忽间，青春已逝？

　　我心折不已，为我之过去，为我之将来，但更多的原因是——为了我之现在！

　　人生二十，也许舍弃所有的幼稚与单纯都不能换来成熟的韵味，也许拼却平生之力也不能实现幼小时那些五彩斑斓的梦幻，也许我浑身上下写满的只是平凡，但二十岁的女神毕竟已经驾临。二十年风风雨雨，二十年跌跌撞撞，二十年的哭与笑、恨与爱、丑与美，五分之一的世纪终已为我所有，生命很不容易，夫复何求？

　　勤劳地、积极地活着，还有比这更美好的人生么？宠辱得失，终无定数，唯能少一点遗憾，少一点愧疚，少一点失落，在秋寒叶黄的人生暮际，回味心深底处一份慎重的执着，纵然冰冻三尺，又有何妨？

　　那时，即便生命终于舍我而去，我也——无憾！

一九九三．三

　　生命并没有在中途舍弃我。但倏忽间，青春真的已然逝去。而外甥女的青春，已然如此华丽丽地站立在眼前。

　　傍晚，在一起去摘桑椹的路上，我一手牵着小外甥女鸿的手，看着前面铭和女儿并肩而行，就上前和她们走成一排。

我问铭："阿铭，今天你二十岁了，你有什么梦想或者人生规划吗？"

铭抿嘴一笑，抬头看了看天空，今天的天空纯净高远，风是春末夏初的风，温和舒适。然后她回答说："我最近的规划，是想通过英语六级考试。然后……然后我还没有想得那么远啊！"

她吃吃地笑。看着是有些害羞于诉说自己的心愿。

"哦，人生规划啊，今天学校发下来一张表格，就是让我们填人生规划的。"女儿在旁边接着说。我问女儿她填好了吗？她说还没有来得及填，等填好了会给我看。

现在是深夜。参加完生日宴会，回家已经到了睡眠时间，女儿回来洗漱了就睡下了，当然还没有填妥那张人生规划的表格。我倒是有些好奇心，不知道女儿会怎么填写那张人生规划的表格？

一起吃晚饭的时候，铭和我说，她这几天上交了入党积极分子的表格。铭在 N 市读大一，入学时竞选班干部，她当选为副班长，还在社团里担任了一个职务。今年上半年，她们班有一个入党积极分子的名额，老师和同学都推荐了她，她也就填写了表格递交了上去。

是否能够入党尚需组织考察。但是，这个入党应该也已成为铭的人生规划之一了吧。铭说，我要是入学时不去积极参加竞选，我就不会当选为副班长。我要是在社团里没有勤奋努力做事，也不会担负职务。没有副班长和社团的职务，全班唯一的一个积极分子名额也不会推荐给我。所以，所有的一切，归结为一个词：勤奋努力。

嗯，在二十岁，在有很多梦想的青春里，其实所有梦想实现的基础，就是一个词：勤奋努力。所谓的人生规划，其实就是脚踏实地走好眼前的路，用勤奋追赶梦想，用努力把握机遇，然后，在每一个人生的十字路口，你会发现，原来你比更多的人有了更多的选择的机会。

而我的二十岁，那时候我喜欢在纸上写一首首的诗，那时候我的梦想，是在二十五岁的时候出一本自己的诗集。我当时还把这个想法和父亲说了。然后我的父亲，每当他看到我埋头在写的时候，就会对我母亲说，这孩子说二十五岁的时候要出书。

但到我二十五岁的时候，我没有出书。二十五岁那年值得记录的事，是在那一年，我结婚了。匆匆年已逾四十，在今天回望当时我的二十岁时的梦想，我感到有些忐忑。至今我还没有出过一本属于自己的书。虽然，其实我写的那些诗，已足够汇集成一本诗集的厚度。

不知道这算不算我放弃了自己的梦想？想来应该也不算是，虽然我的写作曾经中断了好些年，但到今天为止，我仍在顽强地坚持着在写。虽然在写作上无甚成就，但这份内心对文字的喜爱不曾改变分毫，二十岁时如此，而二十余年后，依然如此。

"勤劳地、积极地活着"，这是我二十岁时对自己一生的期许，今天回望这份期许，有憾，也无憾。

二十岁时的梦想，终会在我们的人生里，留有痕迹。而光阴终将流逝，请让我们相互陪伴，一起见证彼此的成长。

再过二十年，且再看你，也看我。

蚕食

　　女儿的科学工具袋里有几粒蚕种，还是早春的时候，她就把这几粒蚕种放进德芙巧克力的塑料盒里，摆在朝南的窗台上，天天去看它们，盼着小生命的出世。

　　三月底，或者是四月初的时候，反正在我的不经意间，有一条蚕从种子里出来了！细小的、黑色的、蠕动着的生命降生了！是女儿最先发现的。日子我有点模糊了，但发现这个蚕宝宝出世的那个情景我记得很清楚的。那一天傍晚，面对这个小生命，我们既兴奋又担忧，因为家里没有桑叶啊。如果明天去买，一则不一定买得到，再则这个蚕宝宝没得吃怕要饿死的吧？我和先生商量来商量去没个主意。倒还是女儿人小鬼大，说，妈妈，我们去买莴苣好了，书上说了，蚕宝宝最喜欢吃桑叶，但没桑叶时，莴苣叶它们也喜欢吃的，要是连莴苣叶也没有，青菜叶它们也会将就着吃的！

　　我一迭声地问女儿，真的吗？真的吗？女儿肯定地答复说，没错的，书上就是这么写的。我这个女儿书看得很多的，有些我以为她不知道的其实她比我知道的还要详尽呢。我是相信她的说法的。于是我们匆匆吃完饭，一家三口直奔超市买莴苣去了！

进得超市，找到卖蔬菜的柜子，只剩下没几株莴苣了，横挑竖挑地挑了一片叶子还算新鲜些的莴苣，付款处看着我们觉得新奇，你们怎么只买了一根莴苣啊？我们买了是去给蚕宝宝吃的！女儿清脆地回答。付款处的更新奇了，蚕宝宝还要吃莴苣叶啊？是的，蚕宝宝很喜欢吃莴苣叶的。我现学现卖，像我女儿一样报之以肯定的答复。

于是在往后很长的一段时间里，莴苣成了我们的家常菜：叶子给蚕宝宝吃，茎我吃。因为先生不吃莴苣的，嫌莴苣有一股气味，女儿呢，是应景般地施施然地捡几根莴苣丝吃吃，而且还要炒着才吃，凉拌的就碰也不来碰了的。反正炒着吃最后基本也都是我吃的，我嫌麻烦，买来莴苣，叶子掰下来用塑料袋装好放进冰箱保鲜，茎我总是凉拌着吃的。吃得我在心里暗暗发誓，今生如果不养蚕了，那我就再也不吃莴苣了！

我家的蚕宝宝也就一直吃着莴苣叶。那几粒蚕种，最后共孵化出九只蚕宝宝，成功活到终老的有六只。去世的三只，其中两只估计是生病去世的，因为一早去看它们，已经成为僵硬的尸体了。而另一只是在很小的时候，也就是刚刚孵化出来的那些天，我给它们喂莴苣叶时不小心捏死的——罪过罪过，这是我的一个秘密，我没跟我女儿说过，说了她要凶我的。但那时它们真是太小太小了啊，被我捏死的蚕，请你原谅我的粗暴与鲁莽吧！

实事求是地讲，这莴苣叶还真是不错！六只蚕宝宝吃着莴苣叶，长到最长时足有8厘米多呢。从最初的莴苣叶老是干掉，到后来我一天要给它们至少添加三次莴苣叶，而且每回去看，莴苣叶总是被蚕宝宝们吃得差不多可以用精光来形容的。

我喜欢给它们换食的时候。这个时候，我总是把它们垫着的纸连着它们整个地从盒子里移出来，然后再在盒子里垫上干净的纸，再放上新鲜的莴苣叶，然后再把它们一条一条地用拇指和食指轻轻地捏着放进盒子里。蚕宝宝在手里的那个感觉，肉团团的、软软的、温柔的，让人的心不由得细腻而温情。蚕宝宝们一到新鲜的莴苣叶上，就会扭动几下胖胖的身子，然后用嘴细细地、认真地、两耳不闻窗外事似的埋头而食，一小会儿的功夫，叶子就会被啃得七零八落的只剩下茎脉了的。我的先生和女儿，还总是用放大镜看它们，盯着它吃可以盯很长时间呢，好像他们也在吃一样！

时至今日，我算是见识了"蚕食"的厉害了的。

蚕食是一种温柔的侵略，在气质上，它是不张扬的，是气定神闲的，是兢兢业业的，是不达目的不罢休的，蚕食的最终，总是与蚕食的最初的设想相一致的。蚕食是一种小范围的侵略，但聚沙成塔、集腋成裘，小范围的侵略最终总是演变成全盘的攻夺，这种攻夺，笑里藏刀、兵不血刃、一顾倾城、再顾倾国。蚕食的精神如果用在学习文化知识上，真是应该值得肯定的。

我家的蚕长到所谓五龄的时候，一天夜班后回家，我看见其中的两条蚕变短了很多，大概只有原先的三分之一了，同时也变黄而透明了，莴苣叶的边缘还有好几条丝出现了，我直觉这两条蚕要作茧了。从杂物间里东翻西找地终于找到一个泡沫盒子：圆而较宽敞的底座、四周高起。——真是个让蚕们作茧的好场所。我在泡沫盒子里铺上一层白纸，再插上一些牙签，然后就把那两条蚕从它们长大的塑料盒子里分离出来。

这两条蚕一进我为它们特制的作茧场所，就时而爬到牙签顶端仰首摆尾，时而在牙签棒之间爬来爬去——这是它们在找寻它们认为合适的作茧地方了。这样的约莫有半小时的时间，它们终于安定下来，开始埋头用嘴吐丝划定地盘，一心一意地作起茧来了。

　　它们的嘴一刻也不停地有节奏地晃动着，有条不紊地进行着它们"作茧自缚"的工作：吐出丝来先搭起一个大致的框架，然后在这个框架里呈椭圆形地织真正的茧。原先还可以看到它们整个的身子，后来轮廓就渐渐模糊，而那椭圆形的茧倒是越来越像模像样起来了。到傍晚的时候，那茧已是很成形状，而那蚕，只能依稀看到它们依旧辛勤工作着的身影了。历时约莫两天两夜的光景，这个茧也就成功地成为一个完整而完美的茧了。

　　当时原先的塑料盒子里还有四条蚕，它们还在努力地吃着莴苣叶，为着能够像它们的兄长一样成功作茧而奋斗着呢。这六条日夜在一起的蚕，一条一条地分离，一条一条地作茧，我一个角度一个角度地帮它们照相——为着留点光影，为着终将到来的远逝。

　　终于所有的蚕都结了茧。俟以一段不长的时日，最后破茧而出的蛾，只有其中两只雌蛾成功与一只雄蛾交配，在白纸上洒下几百粒的蚕种。我小心地收拢来放进一个玻璃瓶里，用盖密封，放在书柜架上，期待着明年春天的再相会。

　　但不承想，六月初的一天中午，我回家，无意间发现玻璃瓶里密密麻麻地有什么在蠕动着。走近了一看，不得了，几百只的蚕蚁都出来了！

　　我晕！但还能怎么办呢？我只能很有经验地跑到菜市场买来莴苣，把它们都转移到原先它们的父母亲成长的地盘上。傍晚回家时，发现到底是几百只蚕蚁的力量大啊，莴苣叶已经被吃得成了很粉碎的样子了。我是发愁呢，这么多的蚕我怎么养啊？现在还可以照料，等它们长大一些，这么小小的养蚕地盘肯定是不够的。问了周遭的亲朋好友，都说不想养。扔了吧，于心不忍，毕竟是一条条的生命呢。我就继续用莴苣叶喂养着它们。

几天后，我到绍兴的九里考驾照。中午在考试场地对面的小饭店吃完饭，我去洗手，在饭店的后门处，你知道我看到了什么？——我看到了大约一亩地面积的桑树林！桑树们只有半人高的样子，整齐地排列着，绿绿的叶子肥硕地挂在枝条上，既青春明媚，又静若处子。我犹疑它们到底是不是桑树？试探地询问饭店里的一个年轻的小伙计。小伙计笑了，是真的桑树啊，我们前段时间刚刚剪了枝，没几天，就又长得这么好了！

我是真的欣喜万分。可不可以让我摘一些桑叶？我家里养了一些蚕呢。我问小伙计。小伙计很大方地说，你摘吧，随便摘，摘多少都行的，这些桑树我们没有打药水的，你放心摘吧！

我就开始放心地摘了。同行的友人听到我在摘桑叶了，也赶过来帮我一起摘。一片叶子，一片叶子地摘着，叠放在手掌上，感觉真的很喜欢。饭店里的一位洗碗的大妈在边上说，你们要摘老一些的桑叶，太嫩的桑叶蚕不喜欢吃的。小伙计接着说，你们要听大妈的，她可是养蚕专家啊！

养蚕专家的话我们当然要听了！我们就挑老一些的桑叶摘。也就只摘了其中两株桑树，一人手掌上就有一大沓了。我为家里的蚕们高兴，看来这回可以给它们打打牙祭了，它们的父母从来没有吃过的桑叶，在它们这一辈里，将新新鲜鲜地递到它们的嘴边了。这些点心一般的桑叶，它们吃了，也一定是很喜欢的吧？

采摘桑叶的时候，我请教了那位专家大妈，蚕种怎么这么快就孵化出来了？我一直以为蚕种是要明年春天才再次孵化的。但大妈说，蚕一年中是有三四季可以养的。像这段时间，它们二十多天就可以养得很大了。我才如梦初醒。看来是我孤陋寡闻了！

一回到家里，我就马不停蹄地给蚕蚁们换上桑叶。看着它们美食这些新鲜的点心，我是一边欢喜一边发愁，我真的不可能养这么多的蚕的。这时我灵感闪现，那位大妈不是养蚕专家吗？要不我把这些蚕送给大妈吧，请她养，她们那边有那么多的桑树，她慈眉善目的，应该不会亏待这些蚕的。我计划着，想想这样，应该是给我家的蚕找到了好归宿了！

第二天，我就把数百条蚕连着桑叶放进保鲜塑料袋里，扎紧口袋，蚕们在里面安心地吃着桑叶。那天是阴转多云的天气，温度凉快舒适。到了九里，我们进场地训练的时候，师傅的车停在了停车场，我把装蚕的塑料袋留车里了，想想外面这么凉快，等中午吃饭时再拿给大妈也不迟的。

不承想，中午时，一进车里，嘿，车里很闷热呢。我一个激灵，想想坏了。赶紧拿过塑料袋，得，几百条蚕早已一动也不会动了，桑叶呢，也已烤成黄色的了。我黯然，我担心养不了这些蚕，才准备送走它们，结果，由于我的疏忽，它们都死了，这真的是一个不可饶恕的错误呢。

如今，想起我家的蚕宝宝，我的脑海里总是浮现起那仿佛吃也吃不完的菜市场的或是超市里的莴苣，也总是浮现起那苍翠欲滴的意外得来的九里的桑叶。这莴苣，予我以寻常、温情而平民的感觉，我庆幸我家最初的一批蚕宝宝们以完美的方式完成了它们的生命历程。而那九里的桑叶，这桑叶，让我心痛、愧疚而不舍，这桑叶，最终只不过成了我家后面一批蚕宝宝们的最后一夜的美味点心而已。早夭的蚕宝宝们，是不是暗寓着一份短暂的、无法预料的世事？

　　我诚心祈祷，祈祷天下所有的蚕宝宝们都能够以蛹化成蝶的方式圆满落幕它们的生命演出。而我，作为一个人，有一天也终将落幕我的人生。当我谢幕之时，我希望我家的蚕宝宝们能够凝望着我的魂灵，能够记起我来，说，嘿，这个人，我们认识的呢，是我们的老东家呢！然后我们就可以握手言欢、把酒交心、兄弟一样！